アイズ

廃物件捜査班

柿本みづほ

角川春樹事務所

# EYES —アイズ—
# 廃 物 件 捜 査 班

# 1

細井プラザモールの中は暗く、閑散としていた。

背後から飛んできた「待ってくださいよぉ」という泣き言を無視し、吉灘麻耶は建物の奥へと突き進んでいく。同行者二人の足音は随分と後方で聞こえた。

細井プラザモールは苫小牧駅の北東にあるショッピングセンターだ。

かつては大勢の客で賑わっていたそうだが、線路を挟んで北側に巨大商業施設がオープンしたことで経営が悪化。テナント撤退が相次ぎ二〇一四年に閉店した。現在はリニューアルも解体もされないまま巨大な廃墟として線路脇に放置されている。

ふと麻耶は足を止めた。

前方に誰か立っている。

冬の廃墟は住人と遭遇する確率が高い。寒さを凌ぐため、ホームレスが建物の中に住み着くからだ。

だが、立っていたのは住人ではなかった。

「なんでこんな所に鏡があるかな……」

懐中電灯に照らされていたのは麻耶自身だ。壁の一部が大きな鏡になっていて、そこに麻耶の姿が映っている。

我ながらひどい格好だなと思う。

鏡に映っている女は、黒いパンツスーツの上から着古したブルゾンジャンパーを着込み、ごついコンバットブーツを履いている。革手袋を嵌（は）めているせいだろうか、まるで映画に出てくる殺し屋のようだ。

せめて髪が長く、化粧気があれば年相応の女に見えるのかもしれない。だが廃墟へ行くのにめかし込んだところで一体誰が見るというのか。

廃墟を探索するときは、登山に行くつもりで支度をしなさい。――二年前、師にそう言われた。

老朽化した床は常に崩落の危険性を孕（はら）んでいるし、床下から釘（くぎ）などの突起物が飛び出している場合もある。錆（さ）びた釘で怪我（けが）をすると破傷風（はしょうふう）になるおそれがあり非常に危険だ。細井プラザモールの床もタイルが所々割れている。

何気なしに懐中電灯で辺りを照らした。

広い空間だ。足音が天井高くまで響く。

どうやらいつの間にか円形の広場に来ていたらしい。真ん中に噴水が設置してあり、三階まで吹き抜けになっている。壁際には壊れた自動販売機とベンチが置いてあった。

以前はこの広場も多くの人で溢（あふ）れかえっていたのだろうか。

――そう考えると、少し寂しくなる。

「麻耶さん、先に行かないでくださいよ。……うわ、お化け！」

ようやく追いついた室戸新太は、麻耶の姿を見るなり跳び上がった。

「あっ違う麻耶さんだ。間違っちゃいましたよ。いやですね、あはは」

「室戸」

「はい」

「外で待っていいよ」

「そんな！」

情けない声は開けた空間によく響いた。

室戸は麻耶の部下だ。柴犬のような顔と屈強な体軀がアンバランスな青年である。高校時代は柔道の全国代表に選ばれたこともあるそうだが、唯一の弱点がその輝かしい経歴に瑕をつけていた。

室戸はその鍛え上げられた体に似合わず、ホラーやオカルトが大の苦手なのだ。

この仕事をする上で致命的な弱点である。

「外で待機って、要するに俺一人で来た道を戻るってことじゃないですか。無理ですよ。絶対無理。室戸新太、二十五歳。本気の号泣をお見舞いしちゃいますよ。いいんですか」

「別にいいけど」

「酷い！　見捨てないでくださいよぉ」

室戸は大きな体を縮こまらせ、麻耶の後ろに隠れた。

「というか、鏡見るのやめましょうよ。絶対何か映りますって。お化け的なものが」

「そんなに怖いんだったら本部で待機していればよかったでしょ。今回は松尾さんが一緒だから、ついてこなくても大丈夫だったのに」

「そう言われましても……俺はハイソウの刑事ですし、麻耶さんの部下ですし、麻耶さんの腰巾着ですから、ついていかない選択肢はないですよ」

室戸はくしゃっと笑った。少年のような笑みだった。

麻耶と室戸は北海道警察本部刑事部捜査第一課に所属する警察官——いわゆる刑事だ。麻耶の階級は巡査部長。役職は一応主任だが、部下は室戸ただ一人である。室戸の階級は巡査で、役職はない。

捜査一課の刑事と言うと尊敬の眼差しを受けることが多い。実際刑事とは皆犯罪捜査のスペシャリストだ。日夜事件解決の為に身を粉にして働いている。

——本来ならば。

「まあ、麻耶さんとほっきカレー食べたいっていう理由もあるんですけどね。苫小牧といえばやっぱりほっきカレーですよ。あとで食べに行きましょうね」

「あのね、これはあくまで仕事なんだけど」

「分かってますよ。でもランチくらい良いじゃないですか。松尾係長もそう思いますよね！」

困惑しながらも頷(うなず)いたのは、ようやく追いついた三課の松尾係長だった。今回協力を要請してきた人物でもある。

三日前、三課がとある男を窃盗の容疑で逮捕した。取り調べを進めていく内に、その男は別の窃盗事件にも関与していたことが明らかになった。数週間前、千歳(ちとせ)の貴金属店で高級時計が盗まれた事件だ。

男は取調官に対し、せせら笑いながらこう言ったそうだ。「絶対見つからない所に隠した。探せるもんなら探してみろ」と。

三課は男の足取りから盗品が苫小牧市内にあることまでは突き止めた。苫小牧署と協力して聞き込みを行ったところ、ホームレスから「ねぐらにしていた廃墟で変な男に追い出された」という情報を得た。

結果、麻耶が担ぎ出された。

廃墟が関係する案件は廃物件捜査班(ハイソウ)に投げておけばいい。——そう考えている警察官は少なくない。

「出張の楽しみって言ったらやっぱりご当地グルメですよ。普段出張なんて滅多にありませんし、たまには」

「……静かに」

麻耶は視線を広場の奥へと向けた。

室戸も緊張を感じ取ったのか、さっと姿勢を正す。

「室戸。松尾係長と一緒にここで待っていて」

「了解です。何か視えたんですか」

「一瞬、怪しい人影が視えた。……後を追う」

　室戸はそれ以上何も言わずただ頷いた。

　広場中央の噴水を横切り奥へと進む。室戸達から十分離れたことを確認して、右目に装着していた黒のカラーコンタクトレンズを外した。視界に黒いフィルターをかける特殊なものだ。

　露わになったのは、人間離れした紫色の瞳だった。

　虹彩はアメシストのような輝きを放ち、瞳孔の周りには僅かに金色のひびが走っている。その眼光はおよそ人間の持ち得るものではない。

　西洋には千万分の一の確率で紫眼を持つ者が生まれるらしい。だが麻耶の場合は、そういった自然発生のケースとは異なる。

　忌み目。――この異様な瞳はそう呼ぶのだと、師に教えられた。

　反転した世界を捉え、廃棄された情報を視る瞳。――有り体に言えば〝廃墟という場所に限定し、過去の情報を視ることができる〟目だ。

　あちこちに玉虫色のゆらぎが視える。全て建物に染みついた〝記憶の残り香〟だ。走っていく子供の影、並んで歩く人影、ベンチに座る人影。この場所がショッピングセンターとして生きていた頃の記憶だろう。

玉虫色の人影が見えるのに併せて、様々な声が麻耶の耳に届いた。

――パパ、見て。アイス買ってもらったの。

――今度の運動会、お弁当のおかずをどうしようか迷ってて。

――どうしよう俺、国語赤点かもしれない。

まるで不協和音をイヤホンで延々と聞かされているかのような気分だ。まとまりのない喧噪が耳朶を蹂躙する。この騒々しさはいつまで経っても慣れない。

そんな中一つだけ妙な挙動の人影があった。ショッピングを楽しんでいる人たちとは異なり、明らかに何かを警戒している様子だ。輪郭がはっきりしていることから考えて比較的最近の記憶だろう。

麻耶は人影の後を追った。

広場を抜け、積み上がった段ボール箱の横を通り過ぎ、廊下の端へと向かう。

辿り着いたのは朽ちたエスカレーターの前だ。

人影は六段目まで昇り、そこでしゃがみ込んだ。

麻耶も同じく六段目まで昇り、人影の動きをトレースするようにして七段目のステップ――その下の部分に指を差し込む。ステップは少し力を加えるだけで、いとも簡単に取り外すことが出来た。

ステップの下に隠されていたのは小型のダイヤルロック式金庫だ。

金庫を拾い上げ、ダイヤルに指を添える。

番号は――。

「四、八、五、五、九。……ビンゴ」

ガチンと鍵(かぎ)の開く音が聞こえた。

中には金色の腕時計が八本、ビニール袋に入った状態で収められていた。

□

深夜二時。温泉街は消防車やパトカーが行き交い、騒然としていた。

炎上したのは閉鎖されていた廃墟だ。

現場がメインストリートから外れた場所だったのは不幸中の幸いかもしれない。宿泊客のいるホテルであれば大惨事になっていた。

新人の消防隊員は現場に到着するなり放水の準備に取りかかった。

消火活動を始めてからもう三時間ほどが経過する。すでに水槽つきタンク車が三台、ポンプ車が七台出動しているが、火の手が収まる気配はない。それどころか近くの森にまで延焼し始めており、予断を許さない状況だ。

遠くでは「危ないのでお下がり下さい」という声が聞こえた。警察官が野次馬を追い返しているのだろう。

「危ないぞ！　下がれ、下がれッ」

隊員達が慌てて後退する。直後、炎は叫び声を上げるかのように爆(は)ぜた。

新人隊員は訓練の通り消防車からホースを引き出していく。だがその動きはぎこちない。まるで体中に枷をつけられているかのようだ。

「どうした。疲れてんのか」

背後から呼びかけられ、新人隊員はビクッと肩を撥ね上げた。

声をかけたのは中年のベテラン消防隊員だった。

「大丈夫っす。ただちょっと落ち着かなくて」

「だったら休んでろ。もうそろそろ火の手も収まるはずだ。無理すんな」

「今来たばっかりですよ。休んでられません」

「いや、休め」

その声は、ぞっとするほど低かった。

「俺は消防士になって三十年以上経つが、この手のもんに出くわしたのはこれで四回目だ。初めて出くわした時、俺はわけが分からねぇまま炎の中に突っ込んでいって、先輩にぶん殴られた」

「この手のもんって、どういうことっすか？」

ベテラン隊員は現場の方へと移動し、親指で建物を指し示した。

現場は酷い有様だ。

巨大な炎が木々を食い進めようとしている。ホースから放たれる水はまるで何本もの槍のようだ。しかし火の化け物は一向に弱まる気配がない。

「廃墟ってのは、しょっちゅう火事になる。悪ガキが花火やって後片付けをしなかったり、おかしな奴が放火したりと、まあ色々だ。でもって廃墟はよく燃える。――普通はな」

普通は。付け加えられたその言葉を聞いて新人隊員はようやく〝違和感〟に気付いた。

「待って下さい。あれ、おかしくないっすか」

パチパチと木々の燃える音がする。喧噪が夜の闇に響いている。

そんな中、建物の黒い影が炎の中でゆらりと揺れた。

「建物、何で崩れないんすか。何でずっと残ったままなんですか。三時間燃えっぱなしなんじゃないんすか！」

ベテラン隊員はヘルメットの前部を持ち上げ、恐怖の滲んだ目を〝建物〟へ向けた。

「この仕事をしてるとな、たまにこの手のもんを見ちまう。でも気にするな。消火活動に専念しろ。――後のことは、こういうのを専門にした連中が処理してくれる」

再び炎が爆ぜる。

それでもなお、建物は元の形を保ったままそこに在り続けた。

□

十一月二十五日。午後一時半。

麻耶はデスクの上に事故物件のファイルを広げ、眉を顰めていた。

デスク脇にはゴディバのコレクションボックスが置いてある。三課の松尾係長が「先日のお礼に」とくれたものだ。チョコレートが二十粒入ったボックスだが、既に四分の一が麻耶の胃の中に収まっていた。

北海道警察本部、刑事部捜査第一課の大部屋――に付属する形で、廃物件捜査班の部屋は存在する。備品置き場だった六畳の小部屋にデスクとキャビネットを詰め込み、無理矢理オフィスとして使用しているのだ。

デスクは全部で五台。島を形成しているデスクが四台と、班長のためのデスクが一台置いてある。班員は全部で四人なので一台はコーヒーメーカー置き場だ。スチールキャビネットは三台。お菓子やコーヒー豆を収納しているラックやコートかけも置いてあるため非常に狭い。部屋の中を行き来するには体を横向きにする必要があった。

道警――いや、警察組織はハイソウを存在しないものとして扱っている。だから物置じみた小部屋に押し込み、極力捜査に関わらせまいとする。

超能力による捜査を大々的に認めてしまっては、警察組織の威信に関わるからだ。

「随分お怒りだねえ。また強行犯係に何か言われたんでしょ。……あ、チョコレート食べていい？　ありがとう。吉灘君は優しいなあ」

麻耶の向かいに座る男は目一杯腕を伸ばし、チョコレートを一つつまんだ。

「ミヤさん」

「なあに。あ、これ美味しい。もう一個ちょうだい」

「まだ食べて良いって言ってませんよ」

「え、もう二つ食べてもいいって？　何だか悪いなあ」

男——大宮はチョコレートを二つつまむと、まとめて口の中に放った。

大宮三朗、五十五歳。

階級は警部補だが、なぜか役職にはついていない。ハイソウという窓際部署で茶を啜る毎日だ。

度々「喫茶店のマスターみたい」と言われている通り、大宮の見た目は全くもって刑事らしくない。髪はボサボサで、目は眠たそうに垂れ下がっていて、分厚いレンズの眼鏡をかけている。口癖は「腰が痛い」と「頭が痛い」だ。猫背のため六十歳を超えているように見えた。

「で、何をぷんすこ怒ってるんだい？　僕がチョコレートを食べちゃったから？」

「それは別に怒ってないです。元々みんなで食べるつもりでしたし。……というか、怒ってませんよ」

「ええ、嘘だあ。君がチョコレートをパクパク食べている時は大抵怒ってる時だよ。僕は賢いからね。そういうのはすぐ分かっちゃう。ほら、おじさんに話してごらんなさい」

——敵わない。

普段何も考えていないように見えて、案外鋭いのが大宮という男だ。

麻耶はわざと咳払いをして、

「『苫小牧へほっきカレー食べに行っただけでお給料とチョコレートまで貰えるなんて、

麻耶お嬢ちゃんはさすがでちゅねえ。偉い偉いでちゅう』って言われたんですよ、長岡に」

　盛大な悪意を込めて長岡の真似をした。

　長岡大河は捜査第一課強行犯捜査第一係に籍を置く刑事だ。階級は麻耶と同じく巡査部長だが、いつも麻耶のことを子供扱いして馬鹿にしている。

「もしかして長岡君、君のこと好きなんじゃない？　好きな子に意地悪しちゃうタイプなのかも」

　一瞬で全身が粟立った。

「冗談だとしてもやめてください。今ぞわっとしました。ほら、見て下さいこれ、鳥肌」

「うん。僕も今のは不適切な発言だったなあって思った。おじさん反省。セクハラで訴えるのはやめてよして勘弁ね。……まあ、少し真面目な話をするとね。彼は嫉妬しているんだと思うよ」

「誰に？」

「そりゃあ勿論、君に」

「嫉妬なんてするはずありませんよ。長岡がこの間何て言ったか知ってます？　物置のお姫様、ですよ。ふざけんなっての」

「物置のお姫様だとしても、君は特別な力を持ってる。だから長岡君は悔しいんだよ。――君のことを知る人間は、君に対して嫉妬か恐怖のどちらかを抱いてる」

　麻耶は少しだけ返答に詰まった。

大宮が言っていることは、多分的を射ている。

「ミヤさんはどっちですか。嫉妬と、恐怖」

「どっちだろうね。分かんない、当ててみて」

「私だって分かりませんよ」

「ありゃ。じゃあこれは没収」

大宮はチョコレートをさらに三つつまみ上げ、自分のデスクに並べた。


廃墟。

朽ちた建造物。忘れられた建物。打ち捨てられた人工物。

建物は基本的に人間の営み(いとな)と共にある。人間の生活の一部として機能する。例外もあるだろうが、概ね(おおむ)はそうだ。

人は、物事を記憶する。

それと同じで、建物も人を記憶する。

忌み目は建物の記憶を視ることができるのだという。

なぜ廃墟でなければダメなのか。その問いに対する答えは完全に哲学だった。死後の世界だとか、廃棄情報だとか、キャッシュだとか、そんな単語がどんどん飛び出してきて、微塵(みじん)も理解出来なかった。

だから、とりあえず「視えるようになってしまった」とだけ考えることにした。

忌み目を発症してから二年、ハイソウに配属されてから一年半が経つ。

全ての始まりは、犯人を取り押さえようとしたときに負った怪我だった。

当時麻耶は札幌西署の刑事課に所属しており、女性ばかり狙った通り魔事件を追っていた。通りすがりに女性の衣服を切り裂くという卑劣な事件だ。

麻耶達は犯人が出没する時間と場所を割り出し、五人目の女性が狙われたところを現行犯逮捕した。その際犯人が興奮してナイフを振り回し、取り押さえようとした麻耶の右目に突き刺さったのだ。

視力の回復は絶望的と言われた。

それでも麻耶は角膜移植手術を希望した。片目が見えなくなれば警察官としての任務を果たせなくなる。少なくとも刑事ではいられない。

手術は奇跡的に成功した。担当医は「何か超常的な力が働いたとしか思えない」とまで言った。麻耶は死んだ両親が力を貸してくれたのだろうな、と思っていた。

だが、ハッピーエンドとはならなかった。

手術が成功したはずだった右目は、人間のそれとは思えない紫色に染まっていたのだ。

あの時の医者の顔も、看護師の顔も、一生忘れることはないだろう。まさに化け物を見る目だった。すぐに個室へ閉じ込められ、腫れ物に触るような扱いを受けた。

それから半年。麻耶は研修という形である人物に師事し、忌み目の使い方とリスクを学んだ。その後、刑事部長直々の命令で強制的に道警本部の「廃物件捜査班」へと異動させられた。拒否権はなかった。

以来、麻耶はずっと〝超能力（サイコメトリー）を持った警察官〟として、大した仕事も与えられないまま、物置のような小部屋に押し込められている。

ふと、鳴き声じみた音が部屋に響き渡った。

立て付けの悪い扉を開けて中に入ってきたのは廃物件捜査班長である白石（しらいし）だ。

麻耶と大宮の挨拶（あいさつ）に対し、白石は凍り付いたような声で「ご苦労様」とだけ返答する。

二人に視線を向けることはない。

白石美枝（みえ）、四十五歳。

一分の隙（すき）も無く髪の毛をまとめ、口を引き結び、靴の音を響かせて歩くその姿はまさに「鉄の女」である。

階級は警部。

麻耶は以前白石の階級を知ったとき、手にしていたコーヒーカップを危うく落としかけた。

警察の階級は巡査から始まり、巡査部長、警部補、警部、警視、警視正、警視長、警視監とピラミッド式に上がっていく。警視監の上に警視総監という階級も存在するが、これは警視庁のトップにあたるため、道警に警視総監という階級の人間は存在しない。

警部は道府県警察本部では課長補佐クラス、所轄ならば副署長クラスにあたる。れっきとした管理職だ。

だというのに白石は窓際部署である廃物件捜査班の班長を務めている。左遷人事なのは疑いようがない。過去に何か問題を起こしたのだろう。

白石は決して自分の立場に文句を言わない。不満も露わにしない。窓際部署だろうと関係無く、警察組織の一員として職務を全うしている。

麻耶はその機械じみた態度を少しだけ苦手に感じていた。

「吉灘、こちらへ」

手招きされ、麻耶は白石のデスクの前に移動した。

デスクには事件報告書が二部置いてあった。

「現在処理中の案件はありますか」

「ありません」

「結構。ではこの件を任せます。南署からの捜査協力依頼です」

きっちりと揃えられた手が、机上の資料を麻耶の方へと滑らせる。

資料には『定山渓温泉における廃旅館の火災について』という一文が記載されていた。

「昨晩、南区定山渓温泉西四丁目にある廃物件で火災が発生しました。怪我人はなし。消火は済んでいます。火災発生場所は形原旅館。……聞いたことは」

「定山渓にある廃墟で有名なものといったらかっぱ荘がありますが、形原旅館という名前は――」

「かっぱ荘の正式名称が形原旅館なのです」

それくらい頭に入れておけ、と言われたような気がした。

「大宮、吉灘に形原旅館についての情報を」

「はあい。ちょっと待ってね」

大宮は五十五歳の刑事とは思えない速さでキーボードを叩き、わざとらしくエンターキーを押した。

「ええと、形原旅館。場所的には結構西の方だね。二見吊橋のもうちょっと西って感じ。閉館したのが二〇一五年。閉館理由は経営悪化。周りに高級ホテルやら高級旅館やらが沢山あるし、厳しかったんじゃないかなあ」

「待ってミヤさん。二見吊橋の西側ってもう森じゃないですか。そんなところに旅館が？」

「あったんだねえ。だいぶ古いみたい。名前の通り形原さんが経営してて、アットホームな雰囲気だったそうだよ。どちらかと言えば民宿に近いのかな？」

大宮はパソコンのモニタに顔を近づけ、目を左右に動かした。

「ええと登記情報……。あれ、今の所有者は形原さんじゃないんだね。前所有者は形原哲夫さんになってるけど、一年ちょっと前に移転登記してる。売ったのかな？　今の所有者は浅間玲二さん。東京にお住まい。抵当はなし。以上でーす」

大宮がお茶飲みおじさんモードに戻ったため、麻耶は再び白石に向き直った。

「火災の原因は放火ですか？　それとも、侵入者による火の不始末？」

「それを調べて貰いたいのです」

「要するに今のところは原因不明、と」

「そういうことです」

　麻耶は資料を捲(めく)った。

　かっぱ荘――もとい形原旅館は以前から不法侵入が後を絶たず、半年ほど前には動画撮影目的の侵入者が二階から転落して意識不明の重体になったらしい。ネットでは『自殺の名所』という不名誉な評価を受けており、オカルトマニアの間では肝試しスポットとして有名なのだそうだ。

　資料によればホームレスが住み着いていた形跡はないとのこと。であれば火災の原因は悪戯(いたずら)目的の放火か、あるいは侵入者による火の不始末が原因だろう。よく聞く話である。

「現在、南署の刑事課が原因を調べていますので、応援という形で捜査に加わって下さい。放火であれば以降の捜査は南署に任せます」

「了解」

　いつものパターンだ。廃墟で過去の情報を視て手掛かりを得たら、後は別の部署が捜査を引き継ぐ。ハイソウが手柄を立てることは決してない。

　――今更文句を言う気もないけど。

「捜査は、いつですか?」

「明日の午後です」

「分かりました。室戸を連れて行きます」

「そうしてください」

会話はそこで終わった。

これ以上話すことはない。明日の午後、定山渓温泉にある廃墟を視る——それだけのことだ。

麻耶は自分のデスクに戻り資料に目を通した。だが白石の視線が気にかかり、思わず顔を上げた。

「あの……何か?」

白石は視線を逸らし、頭を振る。

「いえ。しつこいようですが、事件性があるかどうか……その点だけを捜査してきてください」

「分かってます。それ以上の捜査は——」

全てを言い終える前に、麻耶は口を開いたまま硬直した。資料の備考欄に書かれた文章が目に飛び込んできたからだ。

——火勢が弱かった為、該当物件は今も火災発生前に近い状態で残っている。崩落の危険性が極めて高いので注意が必要。マル廃案件。

「待って下さい。備考欄のこれって」

白石は溜息をついた。見つけてしまったか、と言わんばかりの表情だった。

「焼け落ちなかったんですね、形原旅館は」

「……そうです」

「全焼して然るべき規模の火災だったのに、火災前の姿を保ってる」

「三時間にわたる消火活動だったと聞いています。近くの木々に燃え移るほどの火の手で、建物の一部も崩落しました。ですが……建物は残っています。建物としての形を保ったまま」

「つまり、ムスビ持ちというわけですよね？」

返答はなかった。

ムスビ。――その言葉を知っているのは、警察組織の中でもハイソウの人間くらいなものだろう。

建物には記憶が残る。だが時折その記憶が厄介な形で残っている場合がある。それが結だ。

ムスビが残る建物は決して壊れない。人の手で解体しようとしても作業員が体調を崩したり、精神に異常を来したりして必ず失敗する。全国に存在する廃墟のうち約二割ほどは〝解体したくてもできない〟建物――つまりムスビ持ちと言われている。

ムスビが生じる原因は大抵の場合、自殺や殺人、傷害などに依る無念、あるいは未練だ。

つまり、ムスビ持ちの廃墟は往々にして事件に関わっている場合が多い。

「吉灘。私は今回の火災について、事件性があるかどうかだけ捜査して下さいと言ったはずです。聞いていませんでしたか」

「聞いていましたよ。だからこそ、耳を疑ってる」

「なぜ」

「ムスビ物件はほぼ間違いなく事件に関係してる。建物の中に見つかってない死体があるのかもしれないし、あの場所で誰か殺されたのかもしれない。それを捜査するのが私たちハイソウの仕事なんじゃないんですか」

「いいえ、違います」

あまりにもハッキリと否定されたため、麻耶は口にしようとしていた言葉を呑み込んでしまった。

「我々は警察官です。組織の一員としてルールの下に動いている。今回我々が捜査すべきは火災の原因であって、形原旅館で発生した何らかの問題を解決することではありません」

「潜在化している犯罪は見逃せ、と」

「そのように捉えたいのであればそれで構いません。警察官として私の下についている以上勝手な行動は慎んでもらいます。それとも――」

白石は手にしていた資料をデスクに置いた。

「あなたは警察官ではなく悔退師の真似事を望んでいるのですか？　であれば今すぐ警察手帳を置いて、彼の元に戻りなさい」

麻耶は思わず椅子から腰を浮かせた。椅子の音が狭い部屋に響いた。

「何か言いたいことがあるのなら聞きますが」

ピクリともしない白石の表情が余計に腹立たしい。

言いたいことは山ほどある。

——こんな物置に閉じ込めたのはそっちだろうに。

能力だけあてにして、存在をひた隠しにしているくせに。

だが言っても仕方がない。師の前で「それでも警察官でありたい」と宣言したのは麻耶自身なのだから。

「……いえ、ありません」

麻耶は唇を強く噛み、椅子に腰を落とした。

「ならば結構。では明日、形原旅館の捜査をお願いいたします」

「了解。……班長、一つだけいいですか」

「何ですか」

空気が刺々しい。もしこの場に室戸がいたら、きっと叱られた犬のような顔をしていただろう。

「私は警察官です。悔退師になりたいわけじゃない。……それに、もし警察官を辞めたとしても師匠の元に戻ることはあり得ません」

「なぜ」

「あの人は、人間性に問題がありすぎる」

直後、大宮は飲んでいたお茶を噴き出し、肩を震わせて笑い出した。

なぜ大宮が笑っているのか、麻耶には理解出来なかった。

□

定山渓温泉は札幌市内にある温泉街だ。

南区の山中に存在し、中心部からは車でおよそ五十分ほど。石山通をずっと南下していけば辿り着くので、迷うこともない。

温泉街としては規模が小さめだが、ファミリー向けホテルから高級旅館まで様々な宿泊施設が揃っており、道内外問わず多くの観光客で賑わっている。足湯や日帰り温泉もあるためドライブがてらに訪れる者も多いようだ。

温泉街は豊平川と白井川によって削られた河岸にある。

豊平川沿いにホテルや旅館が並ぶ様は景色としても美しい。特に早朝の静謐で澄み切った空気はまるで異世界へ迷い込んだかのような気持ちにさせられる。山中にある温泉街だからこその空気感と言えるだろう。

「もう大分葉っぱが落ちちゃってますね。残念だなあ」

室戸はわざとらしく呟いた。

十一月二十六日。午後一時。

麻耶達が歩いているのは定山渓温泉のメインストリートへと通じる〝月見橋〟だ。川沿いにホテルが立ち並ぶ定山渓温泉らしい光景は、この月見橋か、あるいはもう少し北にある高山橋から見ることができる。

麻耶は傍らにあった河童のオブジェに視線を置き、首を九十度に傾けた。河童は腕と脚を輪っか状にして寝そべるという妙なポーズをとっている。遠目に見るとまるで眼鏡のようだ。

——なぜ、河童なのだろう。

来る途中も河童の石像が乗った手湯を見かけた。マスコットキャラクターなのだということは分かるが、定山渓と河童にどういう関係があるのか。

「麻耶さん、聞いてます？」

「ああうん。聞いてる。紅葉のシーズンはさすがにもう過ぎちゃったみたいだね」

「この秋と冬の過渡期って、妙に寂しい気持ちにさせられますよね——って、麻耶さん、卵！　あそこで卵売ってるはずですよ」

室戸が指さしたのは橋を渡った先にある土産屋だった。

「さっき通り過ぎた源泉公園？　ってところで温泉卵作れるんですよ。卵買って温玉作りましょう」

「そんな暇ないってば。コンビニかどっかの出来合いで我慢して」

「そんなあ、せっかく来たのに」

「今度プライベートで来たらいいでしょ」

「一緒に来る人がいませんよ……あっ、麻耶さん見て下さい。あそこにお坊さんの銅像が！」

——お前は躾(しつけ)のなってない犬か。

確かに、室戸が指さした先には銅像が建っている。銅像は明らかにホテルの敷地内に設置されているが、何者なのだろうか。まさかホテルの創業者ということはないだろうし。

「いやあ、良いですよねえ温泉。仕事じゃなかったらなあ」

室戸は通りすがった若いカップルを目で追い、溜息をついた。

「こんな寒い日に温泉入ってビール飲んだら最高だろうなあ」

「そうだね」

「お風呂(ふろ)上がりにソフトクリーム食べちゃったりして」

「そうだね」

「そう言えば、この辺りに美味しいガトーショコラのお店があるらしいですね」

「そうだね……えっ？」

麻耶は勢いよく室戸を振り向いた。

ガトーショコラ。今日室戸が口にした中で一番興味を引かれる話題だ。温泉卵やビールよりもはるかに気になる。

「それ本当？　どこにあるの、お店」

「あ、違う。アップルパイでした。南区でとれたりんごを使ってるとか何とかで」

——この男はなぜこうも適当なのか。

「ほら、どっちも大体六文字じゃないですか。あと何かこう、甘いものってくくりで」

「くくりが雑すぎるでしょ」

「まあ正直に言うと、ガトーショコラって言ったら麻耶さん食いつくだろうなと思って、わざと間違えたわけなんですけどね」

——したり顔が心底憎たらしい。

麻耶は呆（あき）れを含んだ溜息を漏らし、道を左に曲がった。

室戸はしばらく直進していたが、置いて行かれたことに気づき慌てて戻ってきた。

定山渓温泉を南西へ下り、森の中の一本道を進んだ先に形原旅館は存在した。

近くには二見吊橋という真っ赤な吊橋がかかっている。幸い吊橋から旅館は死角になっているため、観光客の目に留まることはない。散策路を歩く人々はすぐ近くに廃墟があるなど露ほども思っていないだろう。

建物へ続く一本道には黄色い規制テープが張られていた。その少し先には「無断立ち入り厳重禁止警告」と書かれた立て看板が置いてある。

廃墟とは基本的に誰かの所有物件だ。無断で立ち入れば当然不法侵入として罪に問われる。それでも廃墟へと侵入する人間は後を絶たない。特に、昨今は動画配信ブームに後押しされ、物見遊山で廃墟探索をする人間が増えている。

軽装で廃墟に侵入し、怪我をする分にはまだいい。自己責任だ。

最悪なのは〝肝試し〟と称して、ムスビ持ちの廃墟へ足を踏み入れることである。

遊び半分で扉や壁を壊そうものなら、侵入者はたちまち精神に異常を来す。表沙汰になっていないだけでそういったケースは少なくないだろう。

「ご苦労様です」

麻耶は見張りの制服警官に会釈し、テープの奥へと進んだ。

かすかに焦げ臭い。周囲の木々も焼け焦げている。一昨日の火災は想像していた以上に大規模なものだったようだ。

だが火災発生現場である建物は依然としてそこに存在している。真っ黒に焼けた廃旅館の姿は、麻耶の背筋に冷たいものを走らせた。

「異様ですね……。丸焦げなのに建物の形は保ってるなんて」

室戸は喉を上下させた。緊張しているのだろう。

「ムスビ持ちの廃墟を見るのは初めてだっけ？」

「いえ、前にも一度だけ。でもこれはあの時より酷い気がします。何が酷いのかはちょっと言葉で説明できないですけど」

「その感覚は正しいよ。この建物はかなり厄介だと思う。もし気分が悪くなったら無理しないで言って。人によっては当てられるかもしれないから」

「分かりました。麻耶さんも無理しないでくださいね」

麻耶は頷き、現場へと歩を進めた。

形原旅館は三つの建物が繋（つな）がって出来ている。

向かって右側の建物が大浴場、真ん中がフロントと食堂、左側が客室棟だろう。入口があるのは真ん中の食堂棟だけだ。それぞれ地上二階建てだが、客室棟のみ崖の斜面に沿う形で四フロアある。入口のある階を〝一階〟とするのであれば、客室棟には地下一階、地下二階があるということになる。

崖下を覗くと、客室棟から河岸に通じる屋根付き階段が見えた。川はどんよりとした色をしていて、川というより沼のような印象だ。

麻耶は一度深呼吸し、スーツの内ポケットにピルケースが入っていることを確認した。

「ご苦労様です。本部から応援に来ました、廃物件捜査班の吉灘です」

麻耶は建物の近くにいた私服警官四人に声をかけた。四人は一度顔を見合わせた後、麻耶を振り返った。

「ご苦労様です。私は南署の強行犯捜査係長、笠置（かさぎ）です」

返答した笠置は四人の内一番背が高い男だ。髪を短く刈り上げてトレンチコートを着込んだ、いかにも刑事らしい見た目の男である。係長ということは恐らく警部補だろう。

「今回は急な要請に応じて下さってありがとうございます。ああ、こっちは部下の坂本(さかもと)です」

笠置は隣にいる若い男を示した。ジャンパーを着た爽やかな顔つきの青年だ。坂本は背筋をピンと伸ばし、麻耶に一礼した。

「さっそく建物を見て頂きたいところなのですが、少し困ったことになっておりまして」

「困ったこと、ですか？」

笠置は溜息をつき、頷いた。隣の坂本も困ったように眉尻を下げている。

そういえばまだ後ろの二人を紹介してもらっていない。私服警官のように見えるが、南署の人間ではないのだろうか。

――と思った矢先。

「警察の方が何人来ても、無駄ですよ」

肥満体の男は鼻息を荒くして麻耶を睨(ね)め付けた。

――なるほど、警官ではないのか。

麻耶は紹介されなかった二人を見据えた。

肥満体の方はきっちりとスーツを着ており、営業マンのような雰囲気を漂わせている。歳(とし)は四十代半ばから五十代前半といったところか。

もう一人はダッフルコートを着込んだ青年だ。若手俳優のような顔つきで、肩身が狭そうに身を縮めている。歳の頃は二十代半ばから三十代前半。少し影があるものの女性にモテそうな雰囲気だ。

「笠置さん、こちらのお二方は一体……」

麻耶は小声で問うた。——が。

「まずそっちから名乗るのが筋じゃないですか。失礼でしょうよ」

肥満男には聞こえていたようである。恐ろしい程の地獄耳だ。

「失礼しました。私は道警本部捜査一課……の吉灘と申します。後ろにいるのは部下の室戸です。一昨晩こちらの建物で起きた火災事件について捜査に参りました。あなた方は——」

「土倉(つちくら)不動産の営業担当、古津(ふるつ)です。私は警察官が増える度に自己紹介をしないとならないんですか」

「ご面倒をおかけします。後ろの方は？」

「さっき、そちらの笠置さんに説明しましたけどね」

「大変恐縮ですが、もう一度教えて頂けると助かります」

古津は露骨に舌打ちした。

「所有者ですよ、この建物の！　私は彼に頼まれて売買を仲介しているんです。つまり、この建物と土地は全て彼の——」

「所有者ということは、そちらの方は浅間玲二さんですか？」

古津はひゅっと息を呑んで押し黙った。

——何だろう、この態度。

古津も俳優顔の青年も、やけに強ばった表情をしている。確かにいきなり名前を言い当てられたのだから驚きもするだろう。それにしたって妙な空気だ。

「そうですよ。知っているのだったら、わざわざ聞かないでくれませんか」

古津は忌々しげに唇を噛んだ。動揺を押し殺しているのは間違いなさそうだった。

「浅間さんは東京にお住まいなのでは？　不動産売買のために北海道までいらしたのですか」

「警察は何でも知っているんですね。個人情報などあったものではない」

「浅間さんのお住まいに関しては登記簿謄本に記載がありました。謄本さえ取得できれば誰でも知り得る情報です。不動産業界にいらっしゃるのなら当然ご存じだと思いますけど」

古津は目の下をピクッと痙攣させた。心底苛立たしげな表情だった。

「……それで、浅間さんは現在札幌に滞在されているのですか？」

「その通りですよ。売買契約が終わるまではいらっしゃる予定です」

「契約のためにわざわざ札幌まで来られるなんて、よほど重要な取引なのでしょうね」

「取引の件は警察には無関係でしょう。それとも、捜査の一環だとか言って契約の場に同席するつもりですか。だとすれば営業妨害ですよ」

何をそんなにカリカリしているのだろう。警察という存在が嫌いなのか、あるいは警察を警戒せざるを得ない「何か」があるのか。後者だろうと勘ぐってしまうのは刑事の悪い癖だ。

ふと、古津の後ろにいる青年――浅間と視線が合った。

――何か不気味だなあ、この人。

「あの……吉灘さんっておっしゃいました、よね」

ふいに浅間が口を開いた。

古津はすかさず「浅間さん」と呼びかけ、発言を封じ込めようとする。だが麻耶に手のひらを向けられて忌々しげに口を閉ざした。

「はい。吉灘と申します」

浅間の黒い瞳がじっと麻耶を見据える。

「吉灘さんはおいくつなんですか」

「それは年齢の話ですか？」

「はい」

「二十七になりますが」

「僕は二十六なんです。同年代……ですよね。一応」

「そうですね」

「突然で申し訳ないんですけど……」

刹那（せつな）、浅間は深々と頭を下げた。膝（ひざ）に置いた手は目に見えて震えていた。

「好きになってしまいました！　連絡先を交換して下さい」

——は？

「お、お友達からで良いので。お願いします、人助けだと思って」

場が静まりかえった。

南署の刑事二人も、古津も、室戸も、皆言葉を失っている。当然だろう、捜査に来ている刑事をいきなりナンパするなど聞いたことがない。

返答は勿論「ごめんなさい」だ。それ以外にない——のだが。

「いきなり言われても困りますよね、分かってます。でもせめて、メールアドレスだけでもっ」

——何か、妙だ。

浅間の発言は当然おかしい。意味が分からない。だがそれ以前に、浅間の態度に違和感がある。

刑事をナンパするという大胆な行動とは裏腹に、その様子はまるで借金取りに許しを請う多重債務者のようだ。顔と言動と態度がチグハグすぎる。

そういう戦法なのかもしれないけれど。

「申し訳ありませんが、お気持ちには応（こた）えられません。仕事用の名刺でしたらお渡しできますが」

「仕事用でもかまいません。十分です」

「分かりました。では、こちらをどうぞ。形原旅館の火災について何か知っていることがあれば、いつでもご連絡ください」

麻耶は浅間――と、ついでに古津へ名刺を渡した。

浅間は大事そうに両手で名刺を受け取り、何度も礼を言ってから懐へとしまい込む。一方古津は名刺をポケットへとしまい、わざとらしく咳払いをした。

「いいですか刑事さん。私たちは捜査自体を拒否しているわけではないんですよ。ただね、するなら明日以降にして頂きたい。私たちには大事な用事があるんです」

「用事というと？」

「売買に関係することです。まあ、簡単に言ってしまえば調査ですよ。今日ここに調査士を呼んでいる」

「土地家屋調査士ということですか。何か登記上の不備でも？」

「いえ、そういうことじゃありませんが……ああ、多分彼だ。ぐだぐだ言ってる間に来てしまったじゃないですか。――おおい、こっちだ。入ってきてくれ！」

古津は麻耶の背後に向かって大声で叫んだ。

――土地家屋調査士じゃない調査士？　そんなもの聞いたこともないけど……。

麻耶は背後を振り返った。直後、サアッと全身から血の気が失せた。

「……嘘でしょ」

規制テープをくぐり中に入ってきたのは、真っ黒な服を着て、丸型のサングラスをかけた、見るからに怪しい男だった。

「はい、こっち。こっちですよお。私とお話ししましょうねえ」

まさに問答無用だ。

麻耶は〝調査士〟の口を塞ぎ、強引に森の方へと連れて行った。

他の面々は呆然としている。一瞬古津がヒステリックに何かを叫ぼうとしたが、麻耶の一睨を受けて口を閉ざした。

十分に廃墟から離れたことを確認して〝調査士〟を解放する。塗りつぶしたかのように黒いレンズは、麻耶の人殺しじみた顔を映し出している。

「何でここにいるの」

麻耶の声は恐ろしいほど低かった。

「うわ、怖い顔。鏡見ます？」

「答えて」

茶化しても無駄だと判断したのだろう。男は深い溜息をついた。

「……お仕事ですよ。調査のお仕事。たまには働かないと退屈で」

「目はもう使わないって約束、忘れてしまったの。――師匠」

男は自嘲的な苦笑を浮かべ、唇を閉ざした。

――相変わらず、死神のような見た目だ。

きつくパーマをかけた黒髪に、真っ黒なサングラス、日本人らしくない高身長。街中を歩いていれば間違いなく人目を引く。服は葬式帰りかと思ってしまうほどの黒一色で、麻耶と同じく革手袋とごついブーツを身につけている。

男の名前は端島守亜（はしじまもりあ）という。年齢は三十六歳、長崎県出身。

守亜の名前を初めて聞いた時は通称か何かだと思ったが、どうやら本名らしい。名付け親はネーミングセンスを見直した方がいいだろう。

守亜の職業は悔退師だ。――元、と言うべきかもしれない。

全国にはムスビの残る廃墟が多数存在する。放置されている建物がほとんどだが、中には誰かの手に渡るか再開発が決まるなどして、解体が検討されるケースがある。そういった場合に相談を受けるのが悔退師だ。

悔退師は忌み目を用いてムスビの正体を解き明かし、場合によっては消滅させる。――つまり廃墟を〝解体できる状態〟へと導く。

守亜は数年前まで廃物件捜査班の顧問という立場だったらしい。詳しいことは不明だが、廃物件の捜査に協力していたのだそうだ。だからこそ警察官の研修出向を受け入れたのだろう。

麻耶は二年前、この端島守亜に師事して忌み目の使い方を学んだ。廃墟探索の仕方も、忌み目を持つことの意味も、全て教わった。

麻耶にとって守亜は忌み目の師だ。それは間違いない。

だが人間として尊敬できるかと言われれば話は別である。

「まあまあ、そんなに怒らないで下さい。引退宣言をしたはいいものの、収入が心許ないなと思い始めたんですよ。なのでちょっと小遣い稼ぎをしようかと」

守亜は両手でピースサインをつくり、指を開閉した。悪びれる様子は微塵もなかった。

「安月給の公務員と違って私は貯金が沢山あるので……と言ってたのはどこの誰」

「最近苗穂の辺り再開発が凄いでしょう？　マンションの一部屋二部屋くらい買っても罰はあたらないかなあ、と思いまして」

「マンションなんて買ってもどうせ住まないでしょ。それに、あの辺に新しく出来るマンションはお高いの。小遣い程度で買える額じゃ――」

「でも今回の依頼、三百万円ですよ。報酬」

「さんっ……」

麻耶は思わず息を呑んだ。

確かに悔退師の報酬は高額であることが多い。依頼主の多くは不動産業界や建築業界のお偉方であり、会社の金をある程度自由に使える立場にある。

そもそも依頼主のほとんどは悔退師のことを〝拝み屋〟の類だと思っている。曰く付きの建物を祓う霊能力者というイメージなのだろう。悔退師への依頼は大抵の場合最終手段なので、依頼主は金に糸目をつけない。

それにしても三百万は高すぎる。形原旅館ならばせいぜい百万円が妥当なところだ。

「とりあえず、言い分は分かった。三百万円は確かに大きい」

「分かってもらえたようで何より。刑事さんの許可も得たことですし、さっそく建物を視させて頂いて……」

「分かったけど、視ていいとは言ってない。部外者は出て行って。ここは関係者以外立ち入り禁止。抵抗するなら公務執行妨害で逮捕する」

「あっ酷い。そういうの職権乱用って言うんですよ」

「何とでも言って。はーい、お帰りはあちらですよ。大人しく出て行きましょうねえ」

麻耶は守亜の腕を目一杯の力で摑み、規制テープの方へと引きずっていった。見張りの制服警官が困惑の視線を向けている。

「これが有名な強制排除というやつですか？　私、何も悪い事していないんですけど。いたたた、腕が折れそう」

「この程度で折れるんだったら、それはもう折れる方が悪い」

「何て言い草。善良な市民に対してこの仕打ちですよ。日本はいつから警官の暴力を許すようになったんですか。末法の世だからって酷すぎる」

――何が末法だ、大げさな。

麻耶は渾身の力で守亜の背中を押した。

「ちょっと待って下さい。今回だけですってば。だって三百万ですよ？　そりゃあ受けるでしょう。報酬が入ったら何でも好きなもの買ってあげますから」

「いらない」

「来年のサロン・デュ・ショコラの時お小遣いあげてもいいですよ。十万円くらい」

「い……らない」

——危なかった。一瞬ぐらついた。

「じゃあ、あなたが私の代わりにあの建物を視るというのはどうです？　というか視るために来たのでしょう？　私は後ろをついて歩きますから」

「確かにこれからあの廃墟を視るけど、それは警察官としての仕事であって悔退師として仕事をするわけじゃない。それに一般人を捜査に立ち会わせるわけにはいきません。はい、下がって下がって」

「冷たいこと言いますねこの弟子は。そんな風に育てた覚えはありませんよ」

「人間性の部分を育てられた覚えは微塵もないです」

守亜はしばらく抵抗していたが、とうとう諦めたのか両手を上に挙げて降参のポーズをした。

「ああもう分かりましたよ。私の負け。今日は大人しくしています。だからそうやって押すのはやめてください。暴力反対」

〝今日は〟という言葉が引っかかったが、追及しても仕方がない。

麻耶は守亜を押すのを止め、短く溜息をついた。

「そうそう、大人しくしていて。廃墟は危ないから」

「よく言いますよ。初めて廃墟に立ち入ったとき床を踏み抜いて半べそかいてたくせに。……はあ。これからあのぶ――」

多分、今〝豚〟と言いかけた。

「古津さんになんて説明したらいいんですか。絶対ねちねち嫌味言われますよ。大事な師匠がそんな目に遭って可哀想（かわいそう）だと思わないんですか」

「むしろ良い機会だと思うけど。他人のふり見て我がふりなんたらって言うし」

「私は嫌味なんて言わないでしょう。上司と仲良しでお仕事もバリバリこなしてる大事な弟子に嫌味なんてとてもとても……ねえ？」

――それだ、それ。

「とにかく、古津さんに今日の調査は中止だって伝えて。捜査の前に現場を解体なんてされたらたまったものじゃない」

「後ろでお仕事参観っていう案は？」

「廃案。以上」

守亜は何やら文句を言っていたが、耳を貸さずに建物の方へと戻った。これ以上話をしていても徒（いたずら）に時間が過ぎていくだけだ。

戻ってきた麻耶を前にし、古津は勝ち誇ったような顔で鼻を鳴らした。守亜を追い返さなかったのを見て、自分たちの調査が認められたのだと勘違いしているのだろう。

「どうやら話はまとまったようですね。では、さっそく調査を行わせて頂きましょう。刑事さんは建物から離れて――」

「笠置さん、このお二方とあっちの調査士先生を連れて規制テープの方まで下がっていてください。室戸、あなたは一緒に来て。――これから捜査のため中に入ります。建物には近づかないようにお願いします。では」

言うだけ言って、麻耶は入口の方へと歩を進めた。

古津は埴輪(はにわ)のような表情のまま呆然と立ち竦(すく)んでいた。

□

建物の中はかなり荒廃していた。

だが、三時間燃え続けたにしては状態が綺麗だ。壁や床は黒く焼け焦げ、多少崩れている箇所があるものの、元の姿を保っている。まるで火災の途中で時が止まっているかのようだ。

先日探索した細井プラザモールと違って形原旅館には窓があるため、中はさほど暗くない。だが建物の老朽化は顕著だ。慎重に進んでいく必要がある。

麻耶は愛用の懐中電灯を携え、一歩ずつ床を踏みしめていった。

懐中電灯はL社のスティンガーシリーズだ。多少値は張るが、軽さ、光量共に一級品である。これも初めて廃墟を探索した際、守亜に勧められたものだった。

歩く度割れたガラスがジャリジャリと音を鳴らす。まるで沼の中を歩いているような嫌な重さが脚に絡みついてくる。

「室戸、問題ない？」

麻耶は一歩後ろにいる室戸に声をかけた。

いつもなら「お化け」だの「祟り」だのと騒いでいるところなのだが、今日は随分と静かだ。騒ぎ立てる余裕すらないのかもしれない。

「大丈夫です。ただちょっと動悸がするかなってくらいで。麻耶さんと二人きりだからですかね」

「冗談を言う余裕があるなら、まだ大丈夫そうだね」

「手厳しいなあ」

室戸はアハハと笑ったが、その笑いは長く続かなかった。

麻耶達はひとまず客室棟一階の最奥へと向かった。

埃っぽい廊下の中、玉虫色の人影が現れては消えていく。恐らく形原旅館がまだ営業していた頃の記憶だろう。走る子供の人影や、掃除をする人影も見える。

——見て見て、お部屋広いよ！

——うちは、お心付けは頂戴しておりませんので。

——夕食楽しみだね。

——申し訳御座いません。以降気をつけます。

ぽつりぽつりと聞こえてくる声の中に〝怨嗟〟は含まれていない。火災に関する声も聞こえない。客室棟の一階は事件とはあまり関係がなさそうだ。

一応突き当たりまで来たものの、階段が塞がっていて上にも下にも行くことが出来なかった。仕方なしに引き返し、入ってきた食堂棟――フロントへと戻る。

入口正面のロビーは恐ろしく質素だ。ソファーが八台置いてあり、その奥に申し訳程度のカウンターがある。通路脇には冷凍ショーケースが転がっているため、もしかすると売店のようなものがあったのかもしれない。

ここで視えるものも、聞こえる声も、客室棟とさほど変わらなかった。強いて言うなら、不法侵入者の声が混じるようになったくらいか。〝再生数〟だとか〝視聴者〟といった声が聞こえるため、間違いなく動画投稿者の声だろう。

廊下を進み、浴場棟へと向かう。

ふと、窓の外に視線を置く。窓は木板で打ち止められているが、その隙間から外を覗くことができた。

玉虫色の人影が立ち尽くしている。はっきりとは分からないが、上を向いているような雰囲気だ。

――建物の上を見ている？　一体、なぜ。

「何か視えました？」

室戸に話しかけられ、麻耶は僅かに肩を跳ねさせた。

窓の外にあった人影は一瞬のうちに消えてなくなっていた。

「いや、まだ火災に関係するものは見えない。旅館が営業していたときの記憶ばっかり」

「でもムスビ物件なんですよね？　――あれ、持っておかなくて大丈夫ですか」

〝あれ〟とはピルケースのことだろう。

中に入っているのはホワイトチョコチップだ。チョコを持ち歩くと馬鹿にされるため、錠剤を装ってピルケースに入れている。

チョコレートは麻耶にとって紛う事なき精神安定剤だ。廃墟を視るときは必ず所持していなければならない。

「内ポケットにいれてあるから大丈夫。危なくなったら食べるよ」

「俺しかいないんですから、隠さなくたっていいのに」

「別に隠してるわけじゃないけど」

室戸は何か言いたげだったが、言葉を発することはなかった。麻耶も正面に向き直り、浴場棟へと足を踏み入れた。

浴場棟一階には女湯と男湯、ボイラー室がある。浴場は火災のせいでインクを撒き散らしたような状態になっており、気味が悪い。ボイラー室は爆発でも起きたのか、立ち入れないほど荒れ果てていた。

二階にあるのは遊技場と大広間だ。遊技場は時代を感じさせるクレーンゲームやスロットマシンが置いてあるが、どれも焼け焦げている。スロットマシンに描かれたピエロの絵は目の部分が真っ黒に焦げ付き、ぞっとする表情になっていた。

――いいから早く撤けよ。チンタラすんな。

ふと、外から声が聞こえた。

慌てて窓から顔を出す。二階の窓は木板が打ち付けられておらず、代わりに窓ガラスが割れてなくなっていた。

建物の外にあるのは五つの人影だ。内三つは建物の周りをゆっくりと歩いている。何かを撒いているかのような動きだ。

――まさか、放火犯？

麻耶は目を見開き、五つの人影を注視した。

特定の記憶に対して深入りするのはあまり良くないのだが、今はそんなことも言っていられない。必要な記憶だけを検索できるわけではない以上、怪しいと感じた記憶は全て確認する必要がある。

注視しているせいか視界が少しぼやけてきた。代わりに五つの人影はより鮮明に視ることができた。

――本当にやるのかよ？

――今更何だよ。他に選択肢なんてないだろ。

――そうだけどさ。でも、さすがにこれはマズいんじゃ。

――嫌なら下がってろ。お前らも下がれ。火ィつけるぞ。

人影の内一つがじりじりと建物に近づいてくる。あとの四つは離れた所で様子を見ていた。

——やはり放火か。グループでの犯行は予想外だったけど。

人影は建物に向かって何かを放り投げ、逃げるように後退していった。他の四つの人影も二、三歩後ずさる。危険なものから逃れようとする人間の本能的な動きだ。

しばらくして、人影五つは場から走り去っていった。

「発火の原因は放火でほぼ間違いない。犯人は五人。揮発性の液体を撒いて、火をつけた」

サラサラとペンの走る音がする。室戸がメモをとっているのだろう。

一方麻耶は指で両目の目頭を押さえ、ぎゅっと目を瞑った。深入りしすぎたせいか目の奥が重い。徹夜で捜査書類を作成した時の眼精疲労によく似ている。

「悪戯目的の放火ですか？」

「分からない。でも悪ガキの悪戯という感じじゃなかった。少なくともグループ内に犯行に乗り気じゃない人間が一人二人いたように思う」

「グループっていうのがまた謎ですよね。集団での放火ってあんまり聞かないですよ。デモとか学生運動とかじゃあるまいし」

「その辺りは南署の刑事さんが調べてくれるでしょ。私たちの仕事は事件性があるかどうかを調べるだけだし」

「あ、麻耶さん拗ねてる」

「別に拗ねてない」

――いやどうだろう。少し拗ねてるかも。

麻耶は何度か目を瞬き、再び窓の外へ視線をやった。五つの人影はすっかり消え去っていた。――と、思った矢先。

「……え」

何かが降ってきた。

それは窓枠の上から下へと落下し、ぐしゃりと嫌な音を立てて地面に落下した。

窓から身を乗り出し、恐る恐る下方を見やる。

地面に落ちているのは「卍」のような体勢の人影だ。玉虫色に揺らめいてはいるものの、髪が長いことは辛うじて視て取れる。恐らく女性だろう。

自殺か、あるいは転落事故か。

「どうして」

ふいに声がした。

いや――。

「麻耶さん、何か言いました？」

発言したのは麻耶自身だ。

途端に周囲の景色が歪んだ。

全てが水中にあるかのように揺らめき、滲んでいる。室戸の声はぼんやりと谺していてうまく聞き取ることが出来ない。

辺りの彩度が落ちていく。室戸の姿が掠れる。

廊下の最奥――客室棟の端から真っ白な光が差し込んでくる。

気付けば、麻耶はふらりと一歩を踏み出していた。

体の自由がきかない。まるで何者かに乗っ取られたかのように、体が勝手に動く。様々な感情が頭の中に流れ込んでくる。

違う。何者かに乗っ取られたのではない。麻耶は今、何者かの記憶に入り込んでいる。

――この状況、大分まずい。

麻耶は何とかこの状況から抜け出そうと尽力した。だがその意に反して足はどんどん廊下の突き当たり――バルコニーへと向かっている。

胸が締め付けられるように苦しい。両手がカタカタと震えている。血管の中を酸が駆け巡っているかのように、全身と、そして頭の中が熱い。

バルコニーには誰かが立っている。手すりに手を置き、外の景色を眺めている。

その何者かに近づく度、麻耶の頭の中に猛毒のような感情が流れ込んできた。

怒りか。憎悪か。あるいは、助けを求めているのか。

ひとつだけ明確に分かること。

それは、バルコニーの人物に対して強烈な殺意を抱いているということだ。

人影が振り向く。

何かを言おうとしたようだが、何と言ったのかは分からない。聞く気もない。頭の中は強い感情によって溶かされ、どろどろになっている。

麻耶は右手——に持っていた何かを振りかぶり、人影の頭に思い切り叩き付けた。

一瞬、光るものが視界を掠める。男の手から小さな光が零れ、どこかへと跳んで消えていく。

人影はぐらりと体を揺らし、バルコニーの向こうへと——。

「——麻耶さん！」

後ろから腕を強く摑まれた。

直後、視界の歪みが消えた。

「ちょっと、まじで、勘弁して下さいよ……。心臓止まるかと思った」

足元から木屑が落ちていく。

麻耶はいつの間にか、崩落したバルコニーの縁で大きく身を乗り出していた。

「う、そ」

真下に見えるのは川だ。見えていたはずの手すりはすっかり消え失せ、床板の端だけが残っている。今しがたまで視ていたはずの人影も、手に持っていたはずの何かも、存在していない。

麻耶は室戸に引っ張られて数歩後退し、床にへたり込んだ。

じわじわと鼓動が速くなる。脳が〝死にかけた〟という事実をようやく認識し始めている。

だがそれ以上に、今しがた同調した〝記憶〟が頭から消えない。いつの間にか右目からは涙が零れていた。

今視たものはなんだったのだろう。

誰かを殴った。誰かを殺した。死んでほしいと願った。殺したくて、悲しくて、とにかく目の前から消してしまいたくて。でも、そう思うことすら苦しくて。頭の中が、毒にでも冒されたかのようにぐちゃぐちゃとしていて。

――だめだ、向こう側に引っ張られてる。

麻耶は震える手を何とか動かし、スーツの内ポケットからピルケースを取り出した。

だがピルケースは手から滑り落ちて床にバウンドし、そのまま外へと落下していく。慌てて腕を伸ばしたが指先が触れるだけでピルケースを掴むことは叶わない。

川へと落ちていくピルケースが、一瞬河童の置物に見えた。

それは〝ポチャン〟という軽い音と共に、濁った水に呑まれて消えた。

麻耶達は形原旅館を脱出し、階段を降りた先にある河岸に集っていた。

呼び戻された笠置達は場の状況が飲み込めず困惑している様子だ。麻耶は先ほどから岩の陰で電話をしているし、守亜と室戸は仲良く川を覗き込んでいる。古津は今にも怒鳴り散らしそうな表情で、組んだ腕をトントンと叩いていた。

だが説明している暇はない。

白石を説得するのが先だ。

「人が殺された可能性が極めて高いんです。形原旅館では殺人事件が起きていて、恐らくそれが原因でムスビが残った。一度捜査すべきです」

『ですから、その件は火災とは無関係と再三言っているでしょう。火災の原因は放火だったのですね？』

白石の声は相変わらず抑揚に欠けた。

「そうです。犯人は五人。灯油かガソリンを撒き建物に火をつけた」

『結構。では本件を放火事件として扱うよう南署に報告します。あなた方は速やかに本部へ帰投するように』

麻耶はスマホを目一杯強く握った。ミシ、と嫌な音が聞こえた気がした。

「待って下さい！　殺人事件の可能性はどう考えるんですか。まさか、このまま放置するとでも？」

『火災の際、中に人がいたのであれば、放火殺人事件として扱うことになります』

「だから、火災とは別に殺人事件が起きていた可能性があるんです。いや、もしかしたら放火と何か関係があるのかも」

『死んだ、という保証はどこにもないのでしょう？　……今大宮に確認させましたが、ここ数年の間に豊平川で他殺体が見つかったという報告はありません。定山渓で傷害事件が発生したという報告も受けていません』

「なら、まだ死体が見つかっていないということでは」

『あなたはそう思う理由をきちんと説明できるのですか？　〝視えたから〟という答えでは、一課長や管理官は納得しませんよ」

――なに、それ。

忌み目を使って捜査しろと言うくせに、いざという時は忌み目で得た情報には信憑性がないと言う。そんなもの滅茶苦茶だ。何のために廃物件捜査班は存在するのか。

『一応、事件の可能性については南署に報告しておきます。必要があると判断されれば鑑識が出動するでしょう』

「形原旅館を視たのは私です。それに、もし本当に事件が起きたのなら現場は廃墟の中ということになる。……私の方が捜査に適していると思いますが」

『それは思い上がりです。殺人であれば刑事課の管轄です』

「私も捜査一課の人間です」

『子供のように駄々を捏ねるのはやめなさい。ひとまず本部へ帰投するように。今回の件について報告書の作成をお願いします。――以上です』

通話は一方的に切られた。麻耶はスマホを思いっきりぶん投げたい衝動に駆られたが、寸前で思いとどまった。

深呼吸しながら川縁へと戻る。

麻耶が戻ってきた瞬間、守亜はサングラスのテンプルを指で押さえて顔を背けた。何かやましいことがありそうな雰囲気だった。

「師匠。何で今、目を逸らしたの」

返事はない。守亜は顔を背け続けている。

「何か言いたいことがあるなら言って」

「相変わらず上司と仲が良さそうだな、と思っただけです」

──腹立つ。

守亜は麻耶が署内でどういう扱いを受けているのか知っている。当然上司の白石と仲が悪いことも承知の上だ。分かっていて嫌味を言うのが端島守亜という男である。

いつもなら言い返すところだが今はそんな気力もない。笠置達や古津達を放って一人ヒートアップしていたのは確かに誹られるべき行為だ。

「ええと、それで柴田君。何の話をしていたんでしたっけ」

──柴田君って誰だ。

「室戸ですってば。誰ですか、柴田って」

「おや、失礼しました。柴犬みたいな顔をしているなと前々から思っていたものですから。……ああそうだ。幽霊が怖いという話でしたね」

「そうなんですよ。ホラー映画とか、心霊スポットとか、夏によく放送してる〝お分かり頂けただろうか〟の番組とか、全部だめなんです。何か後ろに張りついているような気がして」

室戸は長い木の棒で川を引っかき回しながら、保健室の先生に人生相談をする男子高校生のような面持ちで話をしていた。

「……そもそも、幽霊とは一体何なのでしょうね」

守亜の問いに、室戸は自信満々で返答した。

「そりゃあ、あれです。魂ですよ。成仏できなかった魂」

「成仏ということは、悟りを得て仏になるということですよね。では仏教徒以外はみな幽霊になってしまうのですか？」

「そういうわけじゃないです。それは言葉のあやというか……。ええと、未練を残してる魂がこの世に留まり続けてるんです。それが幽霊。どうですか」

「どうですかと言われましても、私は幽霊の存在に関しては否定派ですからね。この仕事をしていると、よく幽霊退治だの何だのと言われるのですが」

「幽霊退治と何か違うんですか？」

「君、麻耶の相棒なのにそこを理解出来ていないのですか」

「だって麻耶さん、難しい話は分からないって言ってはぐらかすんですもん。視える原理なんて知らないって」

室戸と守亜は示し合わせたようなタイミングで麻耶を見た。どこか非難がましい表情だった。

「……我々は、情報の残滓を視ているに過ぎません」

守亜はサングラスのブリッジを押しあげた。

「じょうほうのざんし……って何ですか」

「世の中は様々な情報で溢れ、それは常に流れゆき、万化し、関わり合い、世界というものを構築する。諸行無常という言葉を聞いたことは？」

「あ、知ってます。祇園精舎の鐘の声、諸行無常の響きあり」

「おや博識ですね柴田君。とっても偉い。……情報が流れていくということは、当然古くなった情報も出てくる。我々は一分一秒、あるいはそれよりももっと短いスパンで、情報を廃棄していく。分かりますか」

「さっぱりです」

室戸は少年のような顔で頭を振った。

「例えば……そうですね。今君が瞬きをして睫毛が落ちたとします。睫毛が落ちる前の君と、落ちた後の君は、厳密に言えば同じ存在ではないですよね？　睫毛が一本足りないのですから」

「確かにそうですね」

「そういうことの繰り返しなのです。不変なものなどない。我々はこの一瞬、この〝今〟のみを連続して認識し、それを不変のものだと思い込んでいる。実際には膨大な情報を破棄し続けているというのに」

「つまり、〝睫毛が落ちる前の俺〟の情報はもう捨てられちゃったってことですか？」

「賢いですね、その通り。我々は捨てられた情報の集合体を〝棄界〟と呼びます。棄界はありとあらゆる情報が混沌として存在する。そこに一切の区切りはなく、私もおらず、君も存在しない。人間が恣意的に情報を区切る前の原初がそこにはある。仏教の無分別智の考えに近いかもしれません」

室戸はゆっくりと小首を傾げた。両耳から煙が出ているような気さえした。

「我々は世界を勝手に区切って、名前をつけて、あたかもそれが確固たる個体として実存するように思い込んでいるだけなのです。私も君も名前がありますが、人間の上位種が現れれば、私と君は彼らにとってただの〝人間〟でしかない。そうでしょう。人間は蟻塚の中にいる蟻全てを区別なんてしない」

「それは何となく分かるんですけど、その話と幽霊ってどう関係があるんですか？」

「いいですか。全ての情報は一分一秒と棄界へ破棄されていく。けれども、我々がスムーズに生活するためには世界の枠組みを保持しなければならないわけです。柴田君という存在も、私という存在も、連綿と続いていかなければならない」

「室戸です」

「なので、世界は枠組み、あるいは区切りだけを残すことにした。これを我々は〝狭界〟と呼びます。コンピューターのキャッシュと似たシステムです。——そして、君が恐れている幽霊とはこのキャッシュそのものなのです」

　室戸の頭は九十度近くまで傾いていた。見ていて可哀想になってくる。

「万物は関係性によって構成され、そこに個などありはしない。一切皆空(いっさいかいくう)というやつです。だというのに私たちは恣意的に分別した枠組みに固執し、実体と意味を求める。これを仏教では色(しき)と言います。色即是空(しきそくぜくう)、空即是色(くうそくぜしき)。全ての分別が失われた世界では自我など何の意味も——」

「……師匠」

　麻耶はいたたまれなくなり、とうとう口を挟んだ。

「それ以上説明すると室戸の頭から湯気が出ちゃうから」

「おや」

　守亜は隣にいる室戸に顔を向けた。室戸も困惑した柴犬のような目で守亜を見ている。

「ということで幽霊はいないのです。分かりましたか、柴田君」

「はい、分かりませんでした。室戸です」

　——ああもう、気が抜ける。

　室戸は少年のように笑みながら、やはり川の中を掻(か)き回している。その行動に何の意味があるのか微塵も理解出来ない。

「ねえ、室戸。素朴な疑問なんだけど……さっきから何してるの？」

　室戸は木の棒——いや、雪かき用のスコップを水面から引き上げた。スコップ部分がプラスチックで出来ている代物だ。雪国に住む人間の必需品である。

「麻耶さんのピルケースを見つけたってセンセイが。でもどの辺にあるか見えなくて」

——いや、川に落ちたピルケースを拾われても困る。

「気持ちは嬉しいけど、無理して探さなくていいよ。……というか、そのスコップどこから持って来たの」

「階段裏に立てかけてあったんで、拝借しました」

階段というのは客室棟と河岸を繋ぐ裏口のことだろう。確かに階段裏にはスコップがいくつか立てかけてある。

「あのケース、高いものだってセンセイに聞きましたよ。チョコもブランドものだって」

「違うけど」

「またまた、謙遜（けんそん）しちゃって」

「いや本当に」

ケースは百円ショップで買ったものだし、中のチョコは一キロ二千円の製菓用——をセールの時に千五百円で買ったものだ。仮に中身が高級チョコだったとしても、一度川に落ちたものを食べる気にはならない。

守亜はなぜ嘘をついたのか。ピルケースが安物であることくらい知っているはずなのに。

「柴田君、もうちょっと左に移動してください」

守亜は偉そうに腕を組み、顔を動かして指示を出した。霊能力者が警察を顎（あご）で使うなど、お偉方が知ったら憤死してしまうのではなかろうか。

だが生憎室戸は純真かつ真面目で、根っからの体育会系であるため、年上からの指示は基本的に遵守する。今も室戸は嫌な顔一つせず守亜の指示に従った。

「いつになったら覚えるんですか。俺は室戸ですってば。室戸新太」

「これは失礼。人の名前を覚えるのが苦手なもので。……そうそう、その辺です。ばっちりですよ室柴君」

「なんかもう柴犬の種類みたいになっちゃってるんですけど」

「その位置で手前側にこう……斜めにスコップを入れてみてください」

守亜は切腹をするようなジェスチャーをしてみせた。

室戸が今立っている場所で手前側にスコップを差し入れても浅瀬の岩肌に突き刺さるのがオチだろう。ピルケースが見つかるとは到底思えない。

――と、思った矢先。

「……うわっ！」

室戸は突き刺したスコップに引っ張られる形で川へと転落した。

「えっ、嘘でしょ。室戸？　――室戸！」

室戸はしばらく浮上してこなかった。それどころか姿も見えない。スコップだけが水面に浮いている。

派手な水音に呼ばれ、笠置らが慌てて駆け寄ってきた。古津と浅間も何事かと慌てている。

そんな中、守亜は川縁に立って無表情に水面を見つめていた。感情が全く読めない。普段ならば意地悪く苦笑しそうなものだが、今は違う。室戸のことなど全く気にかけていない雰囲気だ。

ふいに、水泡が浮かんだ。

一拍置いて、室戸は勢いよく水面から顔を出した。

「ぶは！　冷たい、あり得ないくらい冷たいんですけど。いや違う、しゃっこい？　ひゃっこい。なまらひゃっこい！」

なぜ無理に北海道弁を使おうとするのか。生まれ育ちは高知のはずなのに。

「死んじゃう、凍死しちゃいます。温泉入って良いですか、良いですよね。労災ってことで」

「心配させないでよ……。とりあえず上がって。風邪引くから」

室戸は半べそをかきながら這い上がってきた。まさに顔面蒼白だ。見ているだけで寒くなってくる。

室戸に羽織らせるため、着ていたアウターを脱いだ。秋冬用のブルゾンジャンパーだがないよりはマシだろう。

だが、麻耶がブルゾンを渡すことはなかった。

全員の視線が室戸の右手へと向いている。正確には、室戸の右手が握りしめているものへと。

「ねえ、室戸。それって……」

室戸は不思議そうに自分の右手を見下ろした。

スコップの代わりに握られていたのは、青白く浮腫(むく)んだ人間の脚だった。

## 2

十一月二十七日。午前九時半。

廃物件捜査班のオフィスはピリピリとした空気に包まれていた。

定山渓温泉で死体――脚以外も発見された――が見つかってから一晩。

死体の件はまだマスコミに知られていない。だが情報が漏れるのは時間の問題だ。実際ネットでは「火災現場で死体が見つかった」や「放火犯が首吊りをしていた」などという噂が流れている。

白石は手元の資料に視線を落とし、眉一つ動かさずに二の句を継いだ。

「知っての通り、定山渓温泉西四丁目付近、豊平川の水中から死体が発見されました。検視の結果、死後半年以上が経過しているとのことです。死因は溺死の可能性が高いですが、頭蓋骨に外傷が見られたため断定はできません。性別は男性。身元は不明。現在鑑識が法歯学会に身元確認協力を手配しています」

白石が口を閉ざしたタイミングで室戸が派手にくしゃみをした。昨日川に落ちたせいですっかり風邪を引いたらしい。

あの後、室戸を一度自宅に帰らせた。といっても応援が駆けつけるまでの二十分ほどは河岸で待機していたので体は冷え切っていたはずだ。麻耶と守亜が貸したアウターはほとんど意味を成していなかっただろう。

守亜は「私のせいです」と謝っていた。確かに守亜がピルケースを探すよう指示しなければ室戸は川に落ちなかった。

だが、川に落ちたからこそ死体を見つけたのも事実だ。

偶然だったと思いたい。守亜が死体を見つけさせるために室戸を動かしていたという説は――今は考えないでおこう。

「司法解剖はいつ行われるんですか」

麻耶の問いに、白石は視線すら寄越(よこ)さず返答した。

「明日、医科大学の法医学教室で行われる予定です」

「司法、なんですね？」

「そうです」

検視後の解剖には司法解剖、行政解剖の二種類がある。

検視によって事件性が認められなかった場合に行われるのが行政解剖だ。狭義では監察医制度の置かれている五都市（東京・大阪・横浜・名古屋・神戸）で行われるもののみを指すが、監察医制度がない地域でも大学法医学教室が中心となり、解剖を行っている。

一方、検視によって事件性があると判断された場合は司法解剖にまわされる。こちらは主に裁判所の嘱託を受けた大学法医学教室が解剖を行う。

昨日の死体が司法解剖にまわされたのであれば、検視官が今回の件を〝事件性あり〟と判断したことになる。

「……検視官いわく、頭部の外傷の件も加味し、一応殺人の可能性も視野に入れるとのことでした」

「一応ということは、事故の可能性も考慮されていると？」

「南署は事故死の方針で捜査を進めるようです。事実、形原旅館は今までにも転落事故が何度か発生しています。今回だけ事件だと判断するのは不自然でしょう」

——だから犯行を視たって何度も言ってるのに。

麻耶は反論しようとしたが、朝から白石と言い合う気になれず口を閉ざした。

「死体は水中の枯れ木を摑んでいる状態で発見されました。屍蠟化していましたが損傷は激しく、顔の識別は難しい状況です。……大宮、詳しい説明を」

大宮は無邪気な子供のように返事をし、大きめの画用紙を掲げた。

紙には時計回りに九十度回転させた「コ」が描かれていた。左下の角が若干出っ張っている。何を表している図なのかは分からない。

「これから室戸君が溺れかけた穴の説明をするから良く聞いてね。これは中々興味深い案件だよ」

大宮がペン先で妙な図を叩く。その姿は刑事というより大学教授のようだった。

「まず基本情報から。あの川は基本的に水深一・五メートルほどで、流れはゆるやか。この時期は水温十度から七度前後だね。水温は後々重要になってくるからちゃんと覚えておいてね。……さて、このとっても分かりやすい図を使って解説するけど」

大宮は回転させた「コ」の出っ張りに何本か線を書き足した。ムダ毛のように見えて何だか気味が悪かった。

「水深一・五メートルと言ったけど、川底の端っこ部分にいきなり深くなってる場所があるの。イメージとしては側溝に近いかな？　その部分の水深は七メートル。しかも水底に枯れ木が溜まっている上、藻が大量発生していて、そりゃあもう酷い有様なんだ。ところで吉灘君と室戸君は支笏湖の話聞いたことある？　若い人は知らないかなあ」

「支笏湖って、あの支笏湖ですか？」

麻耶の問いに、大宮はうんうんと何度も首を縦に振った。

支笏湖とは札幌の南西に位置する淡水湖のことだ。畔には支笏湖温泉があり、南側に樽前山が聳え立つ。札幌から車で一時間ほどなのでドライブスポットとしても人気である。

「支笏湖もね、底に枯れ木や藻が溜まっているの。そのせいで入水自殺しても死体が上がらない、水底には骨が沢山あるんだ、って噂されていてね。支笏湖って名前も元々は死に骨って書いて〝死骨湖〟だったんじゃないかって言われてる。まあこれはただの都市伝説で、実際にはアイヌ語が由来なんだけど」

「死体が浮上しないなんてあり得るんですか？　それも都市伝説では」

「似たような話は青森の十和田湖にもあるみたいだね。ここでクエスチョン。支笏湖と十和田湖、共通点は？　はい室戸君早かった」

　室戸は自分を指さして「俺ぇ？」と間の抜けた声を出した。手は挙げていなかった。

「ええと、どっちも湖……とか？」

「湖の話してるんだから、そりゃあどっちも湖でしょ。もっとこう、あるじゃない。共通点。吉灘君はどう思う？」

　――共通点と言われても。

「どちらも雪国、ですか」

「惜しい、ほとんど正解！　……共通点は、冬期に水温が十度を下回るってこと。この水温がとっても大事。というのもね、水死体っていうのは基本的に細菌繁殖による腐敗のせいで、体内にガスが溜まっちゃうの。で、プカプカ浮いてきちゃう。よく重りを足につけて沈めるなんてシーンがドラマとか映画であるけど、三十キロくらいないと意味がない。コンクリートブロックくらいなら浮いて来る。その辺はみんなも知ってるよね」

「でも今回の死体は沈んだままでしたよね」

「そう、屍蠟化した状態で沈んでた。屍蠟が何なのかはさすがに言わなくても分かるでしょ？」

「一般的な知識しかありませんが」

　屍蠟とは、一定の条件下におかれた死体が腐敗を免れ、体内の脂肪が脂肪酸に変わり蠟化した死体のことを指す。普通死体は腐敗し原形を留めなくなるが、屍蠟は原形を保ち続ける。いわゆる永久死体だ。

　死体は約四ヶ月ほどで蠟化するといわれている。だがその間に水生生物に食べられ、損傷することが多い。今回発見された遺体も頭部の損傷が激しかったとのことだが、それは頭部に外傷があり血の臭いがしていたからなのだろう。

「細菌は水温五度以下では繁殖しづらいの。だから北海道や青森の湖、河川じゃ腐敗までに時間がかかる。しかも今回は水底の枯れ木を摑んでいたから余計に浮上しづらかった。そうこうしているうちに屍蠟化して、川底に沈んだままになったというわけだね」

「つまり死体は数ヶ月の間、水温五度以下の水中にあったというわけですよね？」

「そういうことになるかなあ」

「四ヶ月の間、水温五度以下にさらされていたとなると、死亡時期はちょうど今の時期……十一月前後と考えられる」

「そうだね。十月以前ならまだ水温が高いから蠟化せずに数日で腐敗しちゃうし、十二月以降だと四ヶ月まるまる低水温状態とはなりにくい。北海道も三月くらいから水温が上がってくるしね。……うん、十一月前後に死亡したと考えるのが妥当だと思う。僕は解剖医じゃないから何とも言えないけど」

「……ミヤさんは、他殺だと思いますか？」

大宮は首を傾げた。

「どうかなあ。高所から転落して川底に頭を打って、そのまま側溝に入り込んじゃったっていう可能性もある。何とも言えないよ」

バルコニーから転落して、川底に頭を打つ――そんなことがあり得るのだろうか。頭部の外傷はやはり何者かに殴打されたと考えた方が自然だ。そのまま川に転落し、朦朧とする意識の中、側溝へ入り込んでしまった。

実際、昨日視た記憶でも麻耶は何者かを殴打していた。室戸に腕を引っ張られなければ、〝何か〟を振り下ろした勢いで川に落ちていただろう。

せめて物的証拠が見つかれば、白石を納得させられるのだが。

「先ほども言いましたが、今回の件は殺人、事故の両面から捜査を進めていきます」

白石はわざとらしく咳払いをし、机上で手を組んだ。

「事件であれ事故であれ、被害者は形原旅館のバルコニーから落下した可能性が高い。……これは、吉灘が視たものとも一致します」

「私が視たのは落下の瞬間ではなく、被害者が頭部を殴打される瞬間ですが」

白石の一睨が飛んでくる。麻耶はさっと目を逸らした。

「どちらにせよ形原旅館を再捜査する必要があります。本日より南署の刑事課が定山渓を中心として地取りを行うとのことです。形原旅館はしばらくの間封鎖、午前中には鑑識が出動します。火災があったので有力な手掛かりが得られる可能性は極めて低いですが……吉灘」

「はい」

「今回の件、南署と協力して捜査にあたってください。まずは形原旅館の再捜査を。その後の動きについては別途指示を出します。――これは一課長からの命令です」

麻耶は一瞬啞然（あぜん）としたあと、内心でガッツポーズをした。

一課長の命令。つまり麻耶は捜査一課の刑事として堂々と捜査に携われるというわけだ。さすがの白石も一課長の命令に対し「ノー」とは言えない。廃物件捜査班の班長である以上、人員を動かす責任がある。

「くれぐれも勝手な行動は慎むように。自分が組織の一員であるということを忘れないでください」

麻耶は短く返事をした。

白石の表情は目に見えて不満げだった。

□

車内用時計は午前十時半を示している。

麻耶は覆面パトカーの助手席に座り、石山通沿いの景色をぼんやりと眺めていた。

右手には一部分が階段状に切り取られた山がある。名前は硬石山（かたいしやま）。採石場として有名だ。

石山はその地名の通り採石場が多く、石材店もあちこちに存在している。

前方には道民向け情報誌の看板が見えた。あの看板を見る度、南区に来ているという気持ちになる。

「ご機嫌ですね、麻耶さん」

突然室戸に話しかけられ、麻耶は少し動揺してしまった。

こっそりサイドミラーで自分の顔を確認する。だが映っているのはいつも通りの仏頂面だ。特段機嫌が良さそうには見えない。

「そんなに美味しいんですか、それ？」

それ、とは麻耶が手にしている飲み物のことだろう。中身は冬期限定のホットチョコレートだ。有名チョコレートブランドとコラボしているとのことで、値段も見ずに購入した。後からレシートを見て五百五十円もしたことを知った。

――まさか、飲み物が美味しいからご機嫌と思われているのだろうか。

「コンビニのやつにしては美味しいと思う」

『何でそんな冷めた感想なんですか。一口飲んだとき『やばいこれすごい美味しい』みたいな顔してたじゃないですか」

「してない」

「ええ、本当ですか？　それはそれとして、ご機嫌なのは本当でしょう。久々の事件ですもんね」

室戸は最近少し大宮に似てきた。

「まあ……うん。確かに機嫌がいいかも。事件なんて起きないのが一番良いんだけどね」

「俺も張り切ってますよ。最近書類整理ばかりでしたし」

張り切っているというのは本当だろう。最近は事件らしい事件もなく、ハイソウ部屋で書類整理をしたり他部署の資料作成をしたりする毎日だった。

デスクで真面目に事務仕事をしている室戸を見ると申し訳ない気持ちになる。室戸だって本当は警察官として正当に評価されたいはずだ。

「室戸は……さ」

「何ですか？」

「どうしてハイソウへの異動を希望したの？」

「それってもしかして、お前ハイソウに向いてないから別の部署に行けっていう話ですか？」

「そういうことじゃなくて。……まあ、オカルトが駄目な時点で間違いなくハイソウには向いてないと思うけど」

「そんな！　クビにしないでください、後生ですから」

「しないよ」

そもそも、ただの巡査部長に人事権はない。

「……で、何で異動を希望したの？」

「前に言ったじゃないですか。麻耶さんに一目惚れしたからです」

「それ、誤解されるからやめてって前に言ったでしょ」

「でも本当ですよ。他に理由ないです」

確かに、室戸はハイソウへ配属された初日にも同じことを言っていた。

だが室戸の言う〝一目惚れ〟は、恋愛的なものとは異なる。どちらかといえば畏怖に近いのかもしれない。

ハイソウに来る以前、室戸は小樽署の地域課に所属していた。いわゆる交番のお巡りさんだ。

今では考えられないが、室戸は元々ホラーやオカルトの類を全く信じていなかった。むしろ鼻で笑っていたほどだ。たまにテレビでやっているＦＢＩ超能力捜査官云々を心底馬鹿にし、こき下ろすタイプだった。

ある日、不良少年達が警察へと駆け込み「廃屋に腐乱死体がある」と訴えた。現場は小樽市奥沢の山の麓だ。

室戸と相棒の警察官は廃屋へと向かった。少年達が言ったとおり、居間には男性の腐乱死体があった。それだけで終わればよかったのだが、その死体はなぜか白骨化した人間の手を大事そうに抱きしめていたのだ。

どれだけ建物の中を調べても、室戸達は手の持ち主を見つけることは出来なかった。

そこで麻耶のもとへ応援要請がきた。

正直、室戸の第一印象は最悪だった。応援に来た麻耶のことを不審者のように扱っていたし完全に馬鹿にしていた。胡散臭い霊能力者に何が出来る、と内心嘲っていたのだろう。

だが麻耶はもう一つの死体を発見した。

死体は壁の中に隠されていた。ほとんど白骨化しており、その右手は失われていた。

室戸は「何で死体の場所が分かったんだ」と麻耶に詰め寄った。その時、麻耶の人間離れした右目を見てしまった。

世界が反転した、というのは室戸の談だ。

今まで否定していた〝オカルト〟の一つを目の当たりにしたことで、室戸はありとあらゆる非科学的現象を信じるようになった。廃墟の記憶を視る瞳があるのなら幽霊も悪魔も鬼も化け物も存在する――〝非科学〟を強く否定している人間ほど、一度証拠を目の当たりにすると手のひらを返したように信じ込んでしまう。

三ヶ月後、廃物件捜査班に室戸新太が配属された。左遷人事ではなく室戸が異動を希望したとのことだった。

配属初日に異動を希望した理由を訊かれ、室戸はただ一言「麻耶さんに一目惚れしました」と言った。

「……今、二十五歳だよね。確か」

室戸はコンビニコーヒーを口に運んだまま小首を傾げる。なぜ突然歳を訊かれたのか理解していない様子だ。

「そうですよ」

「たまに、このままでいいのかなって思う時がある。室戸は若いし能力だって高い。なのにハイソウにいるせいでその能力を潰してる。本当ならもっとバリバリ働いてキャリアを積んでいくべきなのに」

「俺はそんなこと全然気にしてないですよ。それに、ハイソウにだって良い点があります」

「例えば？」

「昇任試験の勉強が出来ますし、事件がなければ定時で帰れます。まあ、定時で帰っても家に誰かいるわけじゃないんですけどね。寂しいな……」

「定時帰りはおいておくとして、本当に後悔してないの？　昇任試験を受けて警部補や警部になっても実績がなかったら役職にはつけない。うちにいる以上出世はまず無理。班長やミヤさんを見てれば何となく分かるでしょ」

「確かに班長は警部、ミヤさんは警部補ですもんね。扱い酷いなあって思いますよ」

「今ならまだ間に合うよ。他の部署に異動して、能力があるってことを示せば、室戸ならすぐに出世して――」

「俺、出世はあんまり気にしたことないんです」

信号が赤になった。

室戸はコーヒーカップをドリンクホルダーに戻し、悪戯っぽく笑んだ。

「独り身だから言えるって部分もあるのかもしれませんけどね。でも正直、想像がつかないっていうか……惹かれないというか」

「管理官とか課長になるよりも、凄い力を持っている人と一緒にいる方が人生楽しくないですか？」

「どうして？」

麻耶は一瞬言葉に詰まった。

室戸のような考え方の人間はあまりに稀だ。異様と言っても良い。

警察官とはいえ普通は自分の立場を気にする。白石が再三言っているように、警察は〝組織〟だ。管理職がいて平がいる。有り様は普通の会社と変わらない。

だからこそ麻耶のような異分子は排除される。排除出来ないのであれば、できる限り目を背けようとする。得体の知れない存在というのは人に恐怖を抱かせるものだ。

今まで散々嫌悪の視線を向けられてきた。気味が悪いと詰られた。守亜も同様の扱いを受けてきたことだろう。

皆が室戸のような考えの持ち主なら、忌み目持ちが目を隠して生活することもなくなるのに。

「変わってるよね。室戸は」

むしろ、変えてしまったのかもしれない。あるいは堕としてしまったというべきか。

「でも……うん、ありがとう」

室戸はより一層嬉しそうに笑った。

そのくしゃくしゃな笑顔を見て、麻耶はもう何も言えなくなってしまった。

午前十一時。

麻耶は再び形原旅館を前にしていた。

昨日と同じく旅館への一本道には規制テープが張られている。現在鑑識課員が鑑識活動を行っているため、見張りの制服警官が一人立っていた。

相変わらず禍々しい雰囲気だ。近づく者全員を呑み込もうとするオーラが感じられる。

麻耶は内ポケットにピルケースがあることを確認した。昨日落としたケースは最終的に見つからなかったため、新しいケースにチョコチップを詰めてきた。

忌み目を使うのなら、自分の楔を一つ決めなさい——これも以前守亜に言われたことだ。

廃墟の記憶を視ているとたまにあちら側へ引っ張られることがある。世間では〝あの世〟だとか〝霊界〟だとか呼ばれているが、悔退師は違う名前で呼ぶ。

彼岸。——それが悔退師にとってのあちら側だ。

そもそもあちら側とは何なのか。その疑問に対する答えはやはり哲学で、麻耶は早々に理解する気をなくしてしまった。守亜は以前〝棄界に回帰しようとする人間の本能〟と言っていたが、よく分からない。

彼岸に引っ張られそうになった時、悔退師は楔でもって自己を支える。自分は今生きているのだと再認識する。つまり、ある種の命綱だ。

楔は人それぞれ違う。自分で決めるというよりも過去の体験から自ずと決まってくる。

麻耶の場合は、母との繋がりの証でもあるチョコレートが楔となった。守亜は煙草が楔だそうだ。

「ご苦労様です」

ふと上階から声がした。

窓から顔を覗かせているのは本部の鑑識課員だ。あっさりした顔の中年男性で、どことなくチベットスナギツネを思わせる。

麻耶は室戸を伴い建物の中へと入った。昨日と同じく浴場棟から二階へ上がり、廊下を渡って食堂棟まで移動する。鑑識課員は食堂棟の廊下で麻耶のことを待っていた。

「鑑識の相武と言います。よろしく。バルコニーはあらかた調べ終わったので、好きに見てもらって構いません。捜査員を移動させますか」

「そうしてもらえると助かります。……バルコニーからは何か見つかりましたか」

相武は手のひらを麻耶に向け「少し待って」の合図をした。そのまま背後を振り返り、大きな声で撤収の指示を出す。バルコニーにいた鑑識課員六人は、すれ違い様に麻耶と室戸へ挨拶をして建物の外へと出て行った。全員疲れた顔をしていた。

「失礼しました。……火災が発生したばかりですからね。髪の毛や衣服の繊維、体液、細胞片、あと指紋も全滅です。下足痕もハイソウのお二人の分しか見つかりませんでした」

「まあ、そうですよね。これだけ燃えたんじゃ」

「これから川の方も調べますが、望み薄でしょうね。昨日死体を引き上げたダイバーによれば凶器の類は見つからなかったとのことです。あったとしても多分もう流されているでしょう」

昨日視た記憶が正しいのなら凶器は二十センチ程のごつごつとした置物だった。河童の形をしていたような気がする。川底にぶつかった衝撃で大破し、そのまま一年をかけてゆっくりと流されていった可能性は高い。

凶器という物的証拠が得られないのであれば、残るはもう一つ。

「バルコニーで何かこう、光るもの……例えば金属片のようなものは見つかりませんでしたか？」

相武は訝しげに首を傾げた。

「金属片なら沢山落ちていましたよ」

「それはどのような」

「火災で建物が崩れて、その拍子に落ちてきたものでしょうね。つまり建物の一部です。どれも錆び付いたり煤に塗れたりで、真っ黒でした」

——なら、違うか。

記憶で見た〝光るもの〟は被害者の手からこぼれ落ちていた。約二センチほどの、硬質で、光を放つかあるいは反射させる物体だ。床に落ちた時カツンと音が鳴ったのを記憶している。

あれは一体何なのだろう。視界の端を通り過ぎていった光が脳裏から消えない。

「まあ、ゆっくり見ていってください。……あ、足元には気をつけて。川に落ちたら大変なので」

　相武はチラリと室戸に視線をやると、会釈をしてから立ち去っていった。

　傍(かたわ)らでは室戸が拗(す)ねているような、恥ずかしがっているような、よく分からない表情を浮かべている。

「変な顔してどうしたの」

「別に変な顔してませんよ。いつも通りのさわやか好青年フェイスです」

　――好青年は自分の顔を〝さわやか好青年フェイス〟とは言わない。

「いやまあ、何というか……俺が落ちたこと、鑑識にまで知れ渡ってるんだなって」

「そりゃあ、あなたが川に落ちたおかげで死体が見つかったわけなんだし、みんな知ってるのは当然でしょ」

「今後、川に落ちた奴(やつ)って目で見られるんですかね、俺……」

「大丈夫だって、どうせすぐ忘れられるから。それはそれとして、師匠にはクリーニング代を請求する」

　室戸は申し訳なさそうに両手を振った。

「いいですよそんな。俺の不注意ですって」

「そうやって下手に出ると『じゃあ、あなたのせいということで』って言うから、あの人」

「言いそうですね。したっけ、お言葉に甘えて頂戴します。センセイお金持ってそうですし」

室戸は顎に手を置き、むうと呻った。

「それにしてもセンセイ、変わってますよね。いかにも霊能力者って感じです。昨日も麻耶さんが電話してる間ずっとバルコニーの方見上げてて。やっぱり、何か感じるんでしょうね」

「まあ、あの人はだいぶ特殊だから……」

――ん、待て。見上げていた？

「バルコニーを見てたの？　川の中じゃなくて？」

「はい。ずっとバルコニー見てるなあと思ったら、いきなりピルケース見つけたって言うんですもん。ビックリしましたよ」

「もしかしてその時、サングラスを持ち上げてなかった？　こんな感じで」

麻耶は眼鏡のテンプルを押さえる真似をした。

「よく分かりますね、その通りです」

――あのアホ師匠。

「教えてくれてありがとう。参考になった」

「まずいことでもあったんですか？　なんだか怖い顔してますけど……」

「怖くないよ。いつも通り。全然怒ってない。さわやかフェイス」

無理矢理に笑みを浮かべ、ぶんぶんと頭を振る。室戸は余計訝しげな顔をした。

「師匠の話はいいや。とりあえず、昨日視た記憶と照らし合わせて現場を再度確認する。許されるならもう一度視たいところだけど――」

「だめですよ」

食い気味の返答だった。

「絶対だめですからね」

室戸は強ばった表情で真っ直ぐ麻耶を見ている。いつもの軽薄な態度は微塵も感じられない。

「……分かってる。視ないよ」

麻耶の声は珍しく弱々しかった。

同じ物件を何度も視るのはリスクが高い。彼岸へと至る確率が段階的に上がっていく。同じ物件を五回視れば大抵の場合は彼岸へ至る――つまり正気を失うと言われている。

守亜曰く、三回までならさほど問題はないらしい。本格的に負荷を感じるのは四回目からなのだそうだ。だが心配性の室戸は決して二度目を許そうとしない。それどころか、廃物件捜査班のルールとして〝二度視厳禁〟が徹底されている。

「ひとまず、昨日視たものをおさらいしつつ二階を見ていくから。何か見つけたら教えて」

「了解です。記録は任せて下さい」

「あと、昨日みたいにいきなり何かに取り憑かれたら、容赦なくグーでぶん殴って」

「百パーセント非暴力で対応します。安心安全です」

――なんだそのコマーシャルみたいな物言いは。

麻耶は軽く溜息をつき浴場棟の方へと歩を進めた。室戸のおかげだろうか、形原旅館の重たい空気は昨日ほど苦に感じなかった。


形原旅館二階を探索し始めて、かれこれ三十分ほどが経過した。

外は雪が降ってきている。天気予報によると今日の最高気温は二度だそうだ。氷点下ではないだけマシなのだろうが、寒いことには変わりがない。

いつの間にか鑑識課員達は現場から撤退していた。バルコニーから見下ろせるかっぱ淵には〝立ち入り禁止〟の黄色いテープが張り巡らされている。報告がなかったことを考えると、特にめぼしいものは見つからなかったのだろう。

麻耶もバルコニーをくまなく探したが、光る物体を見つけることはできなかった。

侵入者や住人に持ち去られたという可能性もゼロではない。火災で焼失した可能性もある。そもそも〝光る物体〟の正体が分からない以上、見つけ出すのは至難の業だ。

だが、何としても見つけ出さなければならない――そんな強迫観念が頭の中を支配している。

あの光る物体は、形原旅館のムスビと密接に関わっている気がする。

「お。あれ誰ですかね。ずっとこっちを見てる」

ふと、室戸は窓際に駆け寄って顔を突き出した。一拍置いてから麻耶も窓の外へ視線をやる。

室戸が言うとおり規制テープの奥に誰かが立っていた。恐らく女性だ。ファーのついたダウンジャケットを着込み、寒そうに身を縮ませている。

「……あの、人」

麻耶は不意に目を見開いた。

「えっ、どうしたんですか！　待って下さいよ」

麻耶は何も言わずバルコニーを後にした。室戸が情けない声を出しながら追いかけてくる。

食堂棟を抜けて、浴場棟の階段を駆け下り、一階の廊下、そしてフロントへ。

麻耶達が玄関から出てくるのを見て、女性は随分と驚いているようだった。確かに突然廃墟から人が現れれば驚きもするだろう。慌ててその場から立ち去ろうとしている。

「待って下さい！　私は警察です、怪しい者じゃありません」

麻耶は女性が足を止めた隙に、全速力で規制テープまで駆け寄った。外気が冷たいため喉が焼けるように痛い。

「突然お声がけしてすみません。私は道警本部の吉灘と申します」

かじかむ手を何とか動かし、警察手帳を取り出す。女性は目をパチクリさせて手帳と麻耶の顔を何度も見比べていた。

穏やかそうな女性だ。

栗色の髪は緩くウェーブがかかっており瞳の色も茶色っぽい。全体的に色素が薄く、触れれば溶けてしまいそうな雰囲気がある。眼鏡をかけているからだろうか、落ち着いた大人の女性という印象だ。

歳の頃は恐らく三十代前半から半ば。垂れ目がちな可愛らしい顔立ちである。

「吉灘……麻耶、さん？」

「はい。捜査第一課廃物件捜査班の吉灘です。こちらは部下の室戸。失礼ですが、あなたは……」

女性は申し訳なさそうにはにかんだ。

「ごめんなさい、怪しかったですよね。私は形原美園といいます」

——形原？

「ということは、この旅館の」

「はい。支配人だった形原哲夫の孫です」

麻耶と室戸は無言で目配せをした。

支配人の孫となれば形原旅館の事情について知っている可能性は高い。

「なぜ旅館を見ていたんですか？」

「火事が起きたと聞いて気になってしまって。警察の方には近づかない方がいいと言われたのですが」

「警察とお話しされたのですね」

「ええ。つい先ほど病院へいらっしゃって、火災の件について少し質問されました。大したことはお話出来ませんでしたが」

「病院とは？」

「祖父が入院しているんです。脚を骨折してしまって。多分警察の方は祖父に話を聞きに来られたのでしょうけど、認知症が酷いものですから。私が代わりにお話ししました」

「それはご面倒をおかけいたしました」

やはり、既に他の警察官が接触している。旅館関係者であれば当然か。

――どうする。

ここで美園に話を聞くのは白石の言う〝勝手な行動〟に該当するだろう。だが、聞き込みをするなとは言われていない。

「形原さん。よければ少しお話を伺えないでしょうか？ 他の警察官が話を伺った直後で本当に申し訳ないのですが……」

室戸が小声で「麻耶さん」と諫(いさ)めるように言った。班長に怒られますよ、という意味だろう。

一方、美園は首を傾げたあと、ふんわりと笑った。

「構いませんよ。大したことはお話出来ないと思いますけど……」

「とんでもない。ああ、そうだ。この辺りにガトーショコラの美味しいお店があると聞きました。寒いですし、そこでお話を伺えればと――」

　室戸が顔を寄せてくる。

「麻耶さん。……ガトーショコラじゃなくてアップルパイです」

「あっ」

しん、とした。

　室戸の憐憫を含んだ表情がつらい。目の前で転んだ飼い主を見る犬のようだ。

美園はしばらく目を瞬いていたが、耐えきれなくなったのか口元を押さえて笑い出した。

「面白い方ですね、吉灘さん。ちょっと怖そうなんて思っていたのですけど……私の思い違いでした」

　コロコロとした笑い声が寒空に溶けていく。

　楽しげに笑む美園の顔は、まるで少女のようだった。


　カフェ「リヴ・ゴウシュ」はカントリー調の内装が印象的な、可愛らしい店だ。店内はコーヒーとバターの良い香りで満たされている。

　麻耶達は隅にある六人掛けの席に座っていた。

　昼時だが客の数はさほど多くない。カウンター席に一人と、二人掛け席に一組がいる程度だ。落ち着いて話をするには丁度良い環境だろう。

テーブルには店自慢のアップルパイとホットコーヒーが三つずつ置いてある。

正規の捜査活動であれば飲食費も経費で落とすところなのだが、これは聞き込みではなくあくまでお話だ。つまり飲食代は自腹である。アップルパイを食べて文句を言う人間はどこにもいない。

アップルパイは好きなフルーツソースをトッピングできるそうで、麻耶は迷った末に梨のソースを選んだ。室戸と美園はブルーベリーを選んでいた。

「このお店は南区で採れた果物を使っているんですよ」

美園は壁に貼ってある手書きのポスターを指さした。ポスターには南区の地図が描かれ、果物を仕入れている農家がどこにあるのかが記載されている。

傍らでは室戸がアップルパイの真ん中にフォークを刺し、口を大きく開けて齧り付いた。ステーキに食らいつく男子大学生のようだった。

「形原さんは南区にお住まいなんですか？」

麻耶の問いに、美園は何度か頷く。

「そうです。真駒内に」

「お仕事は？」

「パートタイマーです。元々は旅行代理店で働いていたのですが、去年体調を崩してしまいまして。今は近くのスーパーでレジ打ちを」

「なるほど。失礼ですが、その……お一人で住まわれているんですか？」

「ええ。お金がないので貯金を切り崩しています。それもいつまでもつか」

もどかしい。

許されるならば単刀直入に「家族構成を教えて下さい」と頼みたい。なぜ孫である美園が形原哲夫の面倒を見ているのかが疑問だし、結婚しているのかどうかも不明だ。

だが妙齢の女性相手に「結婚されてますか」と問うのはいささか——。

「形原さん、旦那さんは何されてる方なんですか？」

横から口を挟んだのは室戸だった。

「あっ、待って下さい当ててみます。営業マンでしょう、違いますか」

——なぜ室戸はこうも無神経なのだろうか。

だが刑事である以上ある程度の無神経さは必要だ。大事なのは相手を怒らせずにいられるかどうか、ということ。室戸はそれが上手い。おちゃらけた振りをして核心を突く質問をする。

「旦那はいません。結婚していないので」

美園は——気分を害してはいなそうだった。

「あれ、そうなんですか。それは失礼しました。ちなみにお付き合いしてる方は？」

「いませんよ。見ての通り地味な女ですから、男性の方と知り合う機会も少なくて」

「全然地味じゃないですよ。すっごいお綺麗じゃないですか。絶対モテますって」

美園は照れくさそうに頭を振った。

綺麗だ、という部分は麻耶も頷くところだった。確かに派手さはないが美しい女性だ。包容力のようなものを感じる。

だがこれ以上結婚だの恋人だのという話をするのは良くないだろう。刑事だってセクハラで訴えられる可能性はある。

「室戸、そのくらいにしておいて。……すみません、部下がデリカシーのないことを」

「とんでもない。どうか気になさらないでください」

「ついでにと言ってはなんですが、ご両親のことについて伺ってもいいでしょうか。形原さんは先ほど、哲夫さんの代わりに警察と話した……そうおっしゃっていましたよね。ご両親はお見舞いにいらっしゃらないのですか？」

ふいに、美園の表情が暗くなった。

「おりません」

「いない、とは？」

「両親はもうおりません」

麻耶は机の下でぎゅっと拳(こぶし)を握った。

「父は恐らく存命です。けれど、どこにいるかは知りません。私が小さい頃に両親が離婚して、それ以来父とは会っていないので。母は四年ほど前に他界いたしました」

「……ご病気だったのでしょうか」

「そのようなものです」

――ような、か。すっきりしない言い方だ。

四年前となると二〇一五年――形原旅館が閉業した年である。

「母が他界し旅館も閉業して以降、祖父母はどんどん弱っていきました。昔は旅館を切り盛りしていたのに、すっかり足腰も悪くなってしまって。今は二人とも施設に入居しています」

「施設も南区に？」

「ええ、藤野(ふじの)にあります。スタッフの方々も優しくして下さって、とても良いところです」

「ということは、形原さん……ええと、すみません。分からなくなるので美園さんとお呼びしますね。美園さんはお一人でお祖父(じい)様とお祖母(ばあ)様の面倒をみている、ということでしょうか」

「そうです」

「ちなみに今、おいくつですか？」

「三十二です」

――まだ十分若い。

話を聞けば聞くほど美園に同情してしまう。

両親はおらず、恋人もおらず、祖父母の面倒を見る傍らでパートタイマーとして働き、金銭的にギリギリの生活を送る。それは恐らく、想像よりはるかに苦しい日々なのだろう。

美園は先ほどからずっと微笑んでいるが、その笑顔の裏に孤独が潜んでいると思うとやりきれない気持ちになる。

「……母には悪い事をしたと思っています。花嫁姿が見たいとずっと言っていたのに、その夢を叶えてあげられなくて」

「お母様は美園さんに、お嫁に行かれることを望まれていたのですか」

「形原旅館の経営は母の代で終わらせるつもりだったようです。あなたは旅館を継がなくていい、と何度も言われました。素敵な男性と結婚して幸せになりなさいと……」

美園はきゅっと唇を噛み、俯く。感情を抑えているような表情だ。

「ごめんなさい、関係ない話でした。四年も経っているのに、まだ気持ちの整理がついていなくて――」

「私もいないんです。両親」

美園は目を瞬いた。

「十三歳の時に父が死んで、十四歳の時に母が死にました。なので……烏滸がましいかもしれませんが、親がいないということの寂しさは理解出来ます」

「ご両親は、その……ご病気で？」

「父は殉職です。刑事だったので。母は父の死後、精神的に弱っていって……」

一瞬、強い頭痛に襲われた。杭でも打ち込まれたかのような痛みだった。

「――ある日、心不全で」

「その後はお一人で？　いえ、十四歳ならそんなわけないですよね」

「父の従伯父に引き取られました。十八になるまで居候していましたが、他人の家庭という感じでしたね」

「大変だったんですね。そうですか、お母様が精神的に……」

美園は唇を強く嚙み、意を決したように二の句を継いだ。

「吉灘さん。一つだけお聞きしたいのですが……もし気に障ったなら、無視して下さい。失礼な質問かもしれません」

「構いませんよ。何でも聞いて下さい」

「お母様は救われたと思いますか？　なんというか、その、死んだことによって」

途端に空気が重くなったような気がした。

難しい質問だ。

母は死んだことで苦しみから解放されたのだろうか。父の元へ行けたのだろうか。分からない。十三年間、ずっとその答えを探し求めているような気さえする。

「私は、そう思いたいです。母は苦しんで苦しんで、ようやく救われたのだと。……でも、それは私が勝手に思っているだけなのかも」

頭が痛い。奥深くが脈打つように疼いている。

「美園さんは、どうお考えに？」

「分かりません。ただ、母はきっと怒っているとおもいます。私がだめな娘だから」

「だめだなんて。そんなことありませんよ」

美園は眉尻を下げてはにかんだ。今にも霧散してしまいそうな笑顔だった。

「まあまあお二人とも。そんな暗い顔していないでアップルパイ食べましょう。美味しいですよ。見て下さい、俺もう食べ終わっちゃいそうです」

室戸は大口を開けて最後の一かけに食らいついた。ザクザクといい音がする。

「そうですね、私も頂きます。吉灘さんもどうぞ」

室戸に促され、美園も大口でアップルパイに齧り付いた。

麻耶も一度思考を整理するため、コーヒーを口にする。少し酸味のあるすっきりとした味わいだ。頭の中がクリアになる。

——切り替えろ。両親のことは、今考えるべきことじゃない。

「話を脱線させてしまってすみません。分かる範囲で結構なのですが、形原旅館について少し教えて頂いてもいいですか？　既に他の警察官に話しているとのことで恐縮ですが……」

「構いませんよ。本当に大したことはお話し出来ないですけど」

麻耶は室戸に目配せをした。

室戸は美園に見えないよう膝の上にメモ帳を開き、小さく頷いた。

「まず確認なのですが、美園さんにご兄弟は？」

「おりません」

「お母様のご兄弟というのは」

「母も一人っ子でした」

「つまり、このような言い方をすると気を悪くさせてしまうかもしれませんが……美園さんは元々、形原旅館の相続権を持っていたということですね？」

「そういうことになりますね」

「お母様は美園さんに相続させるつもりがなかったようですが、お祖父様はどうお考えだったのですか」

美園は少し苦笑して頭を振った。

「祖父は継いで欲しかったようですが、私自身にその気はありませんでした。不動産だけ相続するにしても相続税だとか登記の移転費用だとか、色々かかると聞いて。だったら使って下さる方に譲るのが一番良いかと」

「使ってくれる方というのは、浅間玲二さんですよね」

「ご存じなのですか？」

――昨日会ったということは、まだ言わない方がいいだろうか。

「登記簿に記載がありました。お祖父様と浅間さんは、一体どういうご関係が？」

カツン、と乾いた音がした。

美園がアップルパイにフォークを入れ、そのまま皿に当たってしまったようだ。

「浅間さんは、古くなった旅館を再生させたいとおっしゃっていました。私、難しいことはよく分かりませんが、クラウド……」

「クラウドファンディング？」

「それです。インターネットでお金を集めて、定山渓に外国人旅行者向けの旅館を建てると言っていました。祖父は浅間さんの活動にいたく感心したようで、是非ともうちの旅館を使ってくれ、と」

――おかしい。

浅間は今、形原旅館の売買取引を進めている真っ最中だ。旅館再生など微塵も進んでいないし、恐らくするつもりもないのだろう。

話を聞くに、形原哲夫は浅間の志に惚れ込んで不動産を譲った。もしかすると相場よりもかなり安い値段で売ったのかもしれない。無料同然で譲渡した可能性もある。

それを一年で転売するというのは、あまりに不義理ではないか。

「見たところ旅館の再生事業は進んでいないようでしたが、浅間さんは今何をされているのですか」

美園はフォークを置いた。

「いなくなったんです」

「……どういう意味ですか？」

「言葉通りの意味です。祖父から形原旅館を譲り受けたあと、突然姿を消してしまいました」

「いなくなったというのはいつ頃の話ですか」

「ちょうど一年前の、今時期だと思います。雪が降り始めていた頃だったので」

浅間が姿を消したのが一年前。形原旅館で何者かが殺害されたのも一年前である可能性が高い。

——偶然なのだろうか。

「私、浅間さんは河童に連れて行かれたんだろうなって思ってるんです」

麻耶はカップに伸ばしていた手を止め、目を瞬いた。

——今、何て言った。河童？

「聞き間違いだったらごめんなさい。……今、河童って言いました？」

「言いましたよ。浅間さんは河童に気に入られて、連れて行かれたんです」

突然のオカルト発言に麻耶も室戸も困惑を禁じ得なかった。

だが美園の表情は真剣そのものだ。河童が存在すると本気で信じている。

「美園さん。それは一体、どういう……」

「定山渓には伝説があるんです。女の河童が男の人を連れて行ってしまう伝説です。子供の頃よく母に聞かされました。定山渓の河童は男の人を奪っていくの、パパも河童に連れて行かれたんだよ……って」

「浅間さんも河童に誘拐された、と？」

「私はそう思っています。でないと、いきなりいなくなる理由がありません」

どうやら本気のようだ。

以前の室戸であれば何と言っただろう。「河童なんて大昔の変態が運悪く川で見つかって妖怪認定を食らっただけですよ」くらいは言ったかもしれない。

河童が実在するのかどうかはこの際おいておく。問題は浅間が一年前に姿を消したということと、今現在定山渓に戻ってきているということ。

美園に伝えるのは忍びないが、隠していても仕方がない。黙っていたところでいずれは明らかになるだろう。

「あのですね……浅間さんなのですが」

美園は小首を傾げた。

「浅間さんがなにか？」

「昨日、お会いしました」

ガチャン、と派手な音をたてて、美園がコーヒーカップをソーサーにぶつけた。

「それは本当ですか！　一体どこで」

「定山渓です。形原旅館の様子を見に来ていました。浅間さんは旅館を売却するつもりのようですね」

「浅間さんは変わりありませんでしたか。怪我などはしていませんでしたか。何かトラブルに巻き込まれたりだとか、困った様子は——」

「落ち着いて下さい。浅間さんはお元気そうでしたよ」

「そう、ですか。……よかったです。本当に。きっと、河童から逃げてきたのですね」

美園は服の袖で目元を拭った。泣いているようだ。

美園にとって浅間は〝祖父が不動産を譲り渡した人〟でしかないはず。その人物が音信不通になったからといって、ほとんど無関係の美園がここまで心配するのは些か不自然だ。

「……浅間さんは今、札幌にいらっしゃるのですよね？」

美園は眉を八の字にして麻耶を見据えた。

目を赤くして泣いている様は、芸術作品のように美しく儚かった。

「お住まいは東京のようですが、しばらく札幌に滞在されているとのことです」

「そうですか。その……不躾なお願いなのですけれど、浅間さんのご連絡先を教えて頂くことはできませんか」

「すみません、個人情報なのでお教えすることはできないんです」

「そう、ですよね。ごめんなさい、無理を言って」

「ただ……浅間さんは不動産業者の方と一緒にいらっしゃいました。仲介をお願いしているとのことです。本当はこれも言ってはいけないのでしょうが……まあ、私の独り言だと思って下さい。一緒にいたのは土倉不動産という会社の方でした」

「つちくら、不動産」

「おそらく札幌の不動産業者でしょうし、調べたら連絡先が出てくると思います。事情を話せば浅間さんと連絡がとれるかも」

美園は鞄から小さなスケジュール帳を取り出し、「土倉不動産」と書き殴った。

「ありがとうございます。なんてお礼を言ったらいいか。吉灘さんとお話しして本当によかった」

余程嬉しいのだろう。美園は涙を零しながら笑った。

その涙は、偽物のようには見えなかった。

□

「はい、コクウマの味噌と、マシマシの醤油です。あと餃子と海老おにぎり」

室戸は真っ先に麻耶の醤油ラーメンとおにぎりを台の上から降ろしてくれた。

「ありがとう」

「い、い、なんもです！　麻耶さんにこんな熱くて重たいものを持たせられませんよ」

「馬鹿にしてるでしょ」

「えっ、してませんよ！」

麻耶はラーメンの器を近くまで引き寄せた。確かに結構な熱さだった。

午後二時半。

麻耶と室戸は遅めの昼食をとるため、中央区にあるラーメン屋に入っていた。地下鉄「中島公園駅」から歩いて十五分程の場所にある人気店だ。昼時は店の外にまで行列ができるが、今は昼時を過ぎているためすんなりと入ることが出来た。

店の中にはコの字型のカウンター席のみがあり、席から厨房が見えるようになっている。

客の入りは六割といったところか。麻耶達と同じく遅めの昼食をとっているサラリーマンが多い印象だ。

この店のラーメンは海老だしを使っていることが特徴で、だしの濃さも三段階から選べる。麻耶は一番海老の風味が強い〝マシマシ〟がお気に入りだった。室戸が注文した〝コクウマ〟は海老の風味が控えめな、オーソドックスな味だ。

室戸は「いただきます」と口にするやいなやラーメンの器を抱えた。餃子は少し冷めてから食べるのが室戸流だ。多分、猫舌なのだろう。

麻耶も箸を割り、おにぎりを箸で崩して半分ほど口に入れた。海老の風味が鼻を抜けていった。

いつもならば無心で麺を啜るところだが、麻耶の箸はスープの上の揚げ玉を溶かすばかりで、麺を掬い上げようとはしない。形原旅館のことが気になって食事に集中できずにいる。

「ねえ室戸。形原旅館の件……どう思う?」

室戸は頰をいっぱいに膨らませて勢いよく麻耶を見た。口を小刻みに動かしている様は柴犬というよりリスのようだ。

「ははははんほほほへふは?」

「食べてからでいいよ」

室戸は口の中のものを嚥下し、水を飲んだ。

「どう思うって……浅間さんのことですか？　河童に連れ去られたとか何とか」

「河童の話はおいておくにしても、いきなり音信不通になったっていうのはちょっと気になる」

「そうですか？　俺は何だか妙に納得しちゃいましたけど」

「納得って？」

室戸は箸を無意味に動かし、麺の上にある具を端に寄せていた。

「あくまで推測ですけど……旅館再生の話、全部嘘だったんじゃないですかね。現に浅間さんは今旅館を売却しようとしていますし」

「不動産を騙し取ったってこと？」

「そういうことになります。事実かどうかは分かりませんが」

あり得なくもない話だ。

旅館再生を謳って不動産を譲り受け、その後は一切連絡を絶つ。不動産を譲った形原哲夫は当然「騙された」と憤るだろうが、旅館再生について確固たる契約を結んでいなければ法的手段に訴えることができない。不動産を転売しようと、解体しようと、それは所有者の自由というわけである。

だが、なぜ不動産取得から売却まで一年の間を空けたのだろう。

一年。

やはり引っかかる。

「それはそれとして、浅間さんちょっと胡散臭(うさんくさ)いなあって思うんですよね。初対面で麻耶さんのことナンパするし。ちゃっかり連絡先教えてもらってるし。あと他にも……いきなりナンパするし」

「それしかないじゃない」

「十分ですよ」

　室戸が妙に憤慨しているのはさておき、〝胡散臭い〟という評価は頷ける部分があった。浅間玲二という男は何かを隠しているような気がする。

　浅間だけではない。何もかもが不可解だ。

　グループによる放火。川から見つかった死体。旅館の記憶で視えた光る何か。不動産の売買。悔退師への依頼。ムスビ。——定山渓に住まう河童。

　せめて形原旅館で視た記憶がもう少し鮮明であれば、ムスビの正体くらい分かったかもしれない。あるいはもう一度だけ視ることを許してもらえれば、何か分かるかもしれないのに。

　——ああもう、イライラする。

　麻耶は頭の中の蟠(わだかま)りを打ち消すべく、一気に麺を口に入れた。濃厚な海老のスープが思考に若干の麻酔をかけてくれた。

「わ、麻耶さん凄い食いっぷりですね。餃子一個食べます？」

「大丈夫、ありがとう。——それより、食べ終わったら車のキー貸してくれる？」

室戸は餃子を一つ箸で摘まんだまま、目を瞬いた。

「どこか行くなら俺が運転しますよ?」

「ちょっと行きたいところがあるの。室戸は先に本部へ戻ってて。植物園の近くで降ろすから」

「単独行動ってことですか? まずいですよ。班長に怒られますって」

「捜査じゃないから大丈夫」

「えっ、サボリ?」

「そうそう、サボリ」

「嘘でしょう」

「本当だって」

厳密に言うなら捜査とサボリの中間だ。警察官として行動するわけではないが、捜査に無関係というわけでもない。

「そんな顔しないで。ほら、餃子あげるから」

麻耶はテーブルにあった餃子の皿を室戸の側に押した。

「いやこれ俺が頼んだ餃子ですし! ……車のキーをお渡しするのは全然構いませんが、本当に危ないことしませんか?」

「しないよ。ちょっと人と会うだけ」

「絶対でしょうね。怪我とかして帰ってきたら俺すっごい怒りますからね」

「大丈夫だってば」

――これじゃあどっちが部下か分からない。

室戸は不満げに唇を尖らせ、車のキーを麻耶に手渡した。

「あんまり遅くなっちゃだめですよ」

「夕方には戻るよ」

麻耶は再び麺を啜り上げた。スープが少しテーブルにはねた。

□

午後三時の新川通は交通量が少なく、運転しやすい環境だった。

新川通とは札幌中心部と手稲区を繋ぐ道路だ。正式名称は道道一二五号前田新川線。新川、琴似川に沿って延びる一直線の道である。

麻耶は宣言通り室戸を植物園の近くで降ろし、その後はずっと新川通を走っていた。ひたすら真っ直ぐ進むだけなので運転していると眠くなってくる。Lサイズのコンビニコーヒーを買ったというのに、もうほんの少ししか残っていない。

目的地の手稲区山口まではあと十分ほどだ。

麻耶はプライベート用のスマホに視線を置き、溜息をついた。先ほど高沼家の従伯母から電話がかかってきたが、出る気になれず放置してしまったのだ。

内容は分かっている。父の命日についてだ。

命日の前後は毎年親族で集まり簡単な食事をする。麻耶はこのイベントを心底嫌っているのだが、断るわけにもいかない。

ふと、プライベート用のスマホが甲高い音を鳴らした。メールを確認しようか迷ったが、とりあえず今は見なかったことにした。

この時期はどうしても父が死んだときのことを思い出してしまう。

麻耶の父、吉灘晃は二〇〇五年十二月十五日に他界した。

晃は長い間栗山署の刑事課に所属しており、麻耶は幼少期を夕張で過ごした。その後麻耶が五歳の時に札幌近郊、江別署の刑事課に配属された。情に厚く、部下からも信頼される良い刑事だったそうだ。

家での晃は厳しい父親だった。

悪い事をした時は父親に怒られた。特に食べ物の好き嫌いと言葉遣いについて叱られることが多かった。麻耶は怒られる度、母に泣きつき、よくチョコレートを一粒貰って慰められていた。

数年が経過し、麻耶は中学生になった。

その日は、あまりに突然やってきた。

例年より冷え込んだ木曜日。授業中にぼんやりと外を眺め、雪が降っているなと思っていた午前十一時。

担任の教師が顔を真っ青にしていたのを今でも鮮明に覚えている。

麻耶は教師に呼び出され、何の説明も受けないまま病院へと連れて行かれた。病院には人形のように無表情な母がいて、警察官も何人かいた。

大きな扉から出てきた医者は開口一番、「お亡くなりになりました」と言った。

殉職だった。

晃は包丁を持っていた犯人を取り押さえようとして腹部を刺された。出血が酷く、病院に搬送されたときにはもう心肺が停止していたらしい。

犯人は女児を誘拐し、殺害して山に遺棄した男だった。男は大路で自分の首に包丁を突きつけ、わけの分からないことを叫んだ。死んでやるとも叫んでいたそうだ。

晃は男の隙をついて飛びかかった。だがもみ合っているうちに刺され、男を取り逃がした。男は逃走しながら通行人を次々に切りつけ、女児に襲いかかったところでようやく取り押さえられた。

切りつけられた通行人は皆軽傷で、取り押さえた警察官にも大きな怪我はなし。自殺を止めようとした晃だけが帰らぬ人となった。

麻耶は怒りに震えた。あまりに理不尽だと思った。

父は犯人を救おうとした。警察官として、人間として、正しい行いをした。なのにどうして命を落とさなければならなかったのだろう。

だが本当の理不尽は犯人が逮捕された後に襲いかかってきた。

晃は「犯人の自殺を止めようとした無能警官」としてネットで晒し者にされたのだ。

最初は心ない人間がネットの掲示板で騒ぎ立てる程度だった。けれどいつの間にか話題が大きくなり、晃の件はワイドショーで取り上げられるまでになった。マスコミは犯人のことなどそっちのけで「犯罪者の命を救うことは果たして正しいのか否か」という話ばかりをした。いつしか世間は人権をテーマにして沸騰し、晃が殉職した件は毎日〝事例〟として消費された。

葬儀も酷いものだった。マスコミが詰めかけ、束になったマイクを麻耶や母に向けた。晃のことなど微塵も知らないだろう人権団体の連中が「吉灘さんは立派な方だ」と拍手した。

母は鬱(うつ)状態になり、薬に頼る日々が続いた。父の死の一年後に心不全で死亡した。麻耶は晃の従兄弟に引き取られた。だがそこでの生活は決して楽しいものではなかった。

刑事になる。——その目標だけが支えだった。

父と同じ警部補になる。父が逮捕出来なかった全(すべ)ての悪人を捕らえる。父が望んだ平和と安全を実現する。

犯人は絶対に死なせない。死ぬことは許さない。生きたまま裁きを受けさせる。

——そうでなければ、父が浮かばれない。

『このまま真っ直ぐ、道なりです』

麻耶は思わず肩を跳ねさせた。

喋(しゃべ)ったのはナビとして使用している仕事用のスマホだ。大抵の場合は右左折の時に音声で案内してくれるのだが、真っ直ぐの道を走っているとたまに直進であることを案内してくる。

——言われなくても分かってるっての。

麻耶は心の中の蟠りをコーヒーで押し流した。

コーヒーは、すっかり冷め切っていた。

手稲区山口は札幌の北西部に位置し、小樽市と隣接している地域だ。

住宅は点在する程度で、土地は畑や緑地として利用されている。札幌市に二軒ある火葬場のうち、西側を管轄する〝山口斎場〟があるのもこの地域である。

麻耶は墓地の横を通過し、木々に囲まれた空き地へと車を進ませた。周囲には建物一つなく人の気配もない。二百メートル程離れた場所にパークゴルフ場があるが、その喧噪が届くことは決してなかった。

車を適当な場所に停め、林の中を歩いて行く。

見えてきたのは一軒の廃屋だ。

二階建ての古屋で、意匠もかなり古くさい。築五十年はくだらないだろう。割れた窓ガラスはガムテープで補強され、その奥に破れたカーテンが垂れ下がっている。紛う事なき幽霊屋敷だ。

事実この建物は心霊スポットとして有名だった。侵入を試みた人間は口を揃えて「幽霊を見た」と証言しているそうだ。口に出せないほど恐ろしい体験をした人間もいるらしく、ネットでは〝激ヤバ〟物件として語り草になっている。

だが、それはあくまで噂だ。意図的に流布させた部分はあるけれども。

麻耶は玄関の前に立ち、ボタンが割れているブザーを鳴らした。だが反応はない。仕方がないので合鍵を使って中に入る。

相変わらず荒れ果てた玄関だ。三和土には黒い革靴とコンバットブーツが散乱している し、靴箱の上には一風変わったご当地置物が無造作に置かれている。熊を食べている木彫りの鮭や、頭が三つある赤べこ人形、半身がサイボーグ化されている信楽焼のたぬきなど、一体どこで買ったのかと問いたくなるものばかりだ。

「ああもう、また倒れてる」

麻耶は置物に埋もれて倒れていたプレートを手に取り、埃を払った。

プレートには『端島不動産調査所』と書かれている。

この廃屋は北海道に唯一存在する悔退師の事務所兼住居——つまり、端島守亜の家だ。

麻耶は靴を軽く整理し廊下へと上がった。壊れそうな階段を昇り、二階へと向かう。守亜が書斎として利用しているのは二階の大部屋だ。

扉が開いている。何やら話し声も聞こえる。映画でも観ているのだろうか。

「だから、急いでもらわないと困るんだよ。何のために前金の百万を払ったと思ってるわけ?」

部屋から聞こえてきたのは、映画の吹き替え音声でも、守亜の声でもなかった。聞き覚えのない男の声だ。

麻耶は最後の一段に足をかけたまま動きを止めた。このまま右脚に体重をかければ化け物の鳴き声じみた音が鳴り響いてしまう。二階の廊下は老朽化が激しく、歩く度に酷い音がするからだ。

――まさか、客？　わざわざ事務所に来るなんて。

「ダラダラと先延ばしになったらその分面倒事が増えてくる。それは先生も分かるでしょう？　しかも放火なんて起きちゃって……警察が余計なことを嗅ぎつけるのは時間の問題だよ」

「てっきり、あなたが放火を指示したとばかり思っていましたが」

「馬鹿言っちゃいけない、そんなことしないよ。だってあの建物は壊れないんでしょ。だからこうして先生に依頼してる」

深い溜息の音が聞こえてきた。非難の混じった態とらしい溜息だ。

「頼むよ先生。例の規約とかいうの、問題ないって何度も言ってるでしょうよ？　俺だって東山君だって、なーんも悪い事してない。そこのところ信じてもらわないと困るなあ。こういうのは信頼が大事だ」

「それは重々承知していますよ。解体に関しては、近々。……ただ、形原旅館は現在警察によって建物が封鎖されておりますので、解体するとなると不法侵入の罪を犯さなければなりません」

「そこは上手くやってよ。廃墟に侵入なんて今まで何度もやってきたんじゃないの？」

「まあ、そうですが」

男は口調こそ穏やかだが、言葉の端々から焦りが感じられる。

そもそも男は何者だ。なぜ形原旅館の解体を望んでいる？

「あっ」

刹那、廊下に化け物の鳴き声が響き渡った。声を聞き取ろうと前のめりになったせいで、右脚に体重をかけてしまったのだ。

場が静まりかえっている。声は聞こえない。

「師匠、寝てるの？　さっきブザー鳴らしたのに返事がないから——あ、失礼しました」

麻耶は〝来客の存在に今気付きました〟という体で壁の陰に身を隠した。

見え透いた芝居だっただろうか。少なくとも守亜は芝居に気付いているはずだ。

問題は来客の男を騙せるかどうかだが——。

「先生、今のは？」

「元助手です。合鍵を持ってるので、たまにいきなり遊びに来るんですよ。よく言って聞かせておきます」

「若い女性が助手だなんて羨ましい限りだよ。先生も隅に置けないな。……ま、これ以上話しても平行線だろうし、助手のお姉ちゃんも遊びに来ちゃったし、お暇させてもらいますよ」

男の立ち上がる音が聞こえる。

「しつこいようだけどね、先生。やっぱりナシはよくない。こっちはお金を払ってるんだから」

「ええ、理解しています」

「よろしく頼むよ」

靴音が近づいてくる。

部屋から出てきたのは、茶色のジャケットにスラックスを合わせた中年男性だった。歳の頃は恐らく五十代半ば。肌は浅黒く、張りがある。指にはギラギラと光る指輪が嵌(は)まっており、一昔前の成金めいた印象を受けた。

「じゃあね、お嬢ちゃん。先生によろしく」

男は鼻歌交じりで階段を降りていき、建物から出て行く。香水と整髪料の臭いが場に漂っている。

「師匠、今の誰なの」

麻耶は顔の前で手をばたばたと振りながら書斎へと入った。

一方、守亜は来客用ソファーに腰掛け、コーヒーカップに顔を近づけている。匂(にお)いを嗅いでいるのだろうか。

「湯原(ゆはら)さんです」

「名前を聞いてるんじゃなくて」

「依頼人ですよ。用があるなら電話でとお伝えしたんですけどね。押しかけられてしまいました」

「依頼人って……形原旅館の？」

「ええ。それよりもコーヒーを淹れなおしてもらえませんか。これ、香りが飛んでいて飲めたものじゃありません」

「その飲めたものじゃないコーヒー、お客さんに出してるみたいだけど」

客人が座っていた場所には白いコーヒーカップが一つ置いてある。口をつけた形跡はない。

「客に対して良いコーヒーを出すなんて馬鹿のすることですよ」

「普通はお客さんに対して良いコーヒーを出すんだよ。……豆は何とかブレンドでいいの？」

「あなたの好きなものでいいです。ついでにそのカップ下げてもらえますか」

「元助手使いが荒くない？」

「アポなしで押しかけてお客様を帰らせたのですから、それくらいやってもらわないと」

「あの人が帰って、助かったって思ってるくせに」

「否定はしません」

麻耶は溜息をつき、テーブルの隅に放置してあったトレーを手に取った。コーヒーからは微塵も香りがしなかった。

守亜の書斎は相変わらず酷い。

まず建物自体が廃屋なので壁や床の老朽化が激しい。ひびがはいった窓ガラスにはガムテープが貼ってあるし、壁紙はささくれ立っている。だが調度品は綺麗だ。そのチグハグさがかえって不気味である。

事務所が廃墟というだけで大抵の客人は辟易するものだが、そんな無辜の人々に致命的な一打を与えるのが書斎の壁だった。壁一面に貼られている廃墟写真は見る人の精神を不安定にさせる。

写真は全て守亜が解体した建物だそうで、つまり考えようによっては〝業務実績〟と捉えることもできる。——が、それにしたって気味が悪い。もう少し貼り方を考えるべきだ。

麻耶は淹れなおしたコーヒーをローテーブルに置き、来客用ソファーに腰掛けた。守亜はいつの間にか自分のデスクに戻っていた。

「さっきの話だけど、依頼主は土倉不動産じゃなくて、あの湯原さんって人なの？」

守亜は煙草に火をつけ、適当に頷く。どうでも良さそうな顔だ。

「何してる人なの」

「知りません。不動産関係の仕事ではありそうですが、興味がないので訊きませんでした」

「興味がないって……依頼人なんでしょ？」

「依頼人の素性などどうでも良いことです。殺人に関与してさえいなければ、どんな人間だろうと構いません」

「相変わらず雑だなあ」

「合理的なんですよ。明確なルールさえあれば、あとは振り分けるだけで良い」

殺人に関与した人間からは依頼を受けない——それは守亜がずっと昔から定めている絶対的なルールだ。

人を直接殺害した者は当然のこと、間接的に殺害した者、殺害計画に加担した者、結果的に死に追いやった者、すべてが対象となる。どんな理由であっても、報酬をいくら積まれようとも、殺人に関与しているのであれば依頼は受けない。そう決めているらしい。

先ほどの来客——湯原が言っていた〝例の規約〟というのも、このルールのことを指しているのだろう。

「昨今は様々なものが機械化していますからね。人間もイエス、ノーの二つで物事を判断した方が良い。その方が楽です」

「そういう難しい話はいいよ。言われても分からないから」

あと長くなるし、とは口にしなかった。

「つれないことを言いますね。……で、何をしに来たんですか？　コーヒーを飲みに来たワケでもないでしょう」

「本題はあるんだけど……それより先に、一つ確認」

「なんですか」

「昨日形原旅館で会ったでしょ。あの時、私に黙って目を使わなかった？」

「建物の中に入っていないのに、どこで使えというんです？　あの後も視てないですよ。あなた方が形原旅館を立ち入り禁止にしたせいでね」

「私が川辺で電話してるとき」

煙草を持つ守亜の手がピクッと動いた。

「ずっと建物の方を見上げていたそうだけど。しかも、サングラスを持ち上げて」

「外から見るくらいいいでしょう」

「その直後ピルケースを見つけたんだって？　川の方なんて見ていなかったのに」

「――それ、誰が言ってたんですか」

「室戸」

舌打ちが場に響く。小さな声で「余計なこと言いやがって」と聞こえた気がした。

「どうなの」

「ちょっとですよ、ちょっと。あなたがバルコニーで何か視たというものだから、気になってしまって」

「誰かが川に落ちるのを視たからこそ、ピルケースがあるなんて嘘をついたんでしょ。室戸に探させるために」

観念したのだろう。守亜は煙草の煙と一緒に溜息を吐いた。

「全く鋭いですね。その通りですよ。最初からピルケースなんて探す気はありませんでした。そもそも百円でしょう、あれ。そんなもの拾ってどうするっていうんですか」

「死体を見つけてくれたのはありがたいけど、室戸を川に落とすのはいくら何でも酷すぎるんじゃない？」

「まさか落ちると思わなかったんですよ。……あ、そうだ。クリーニング代をお渡ししようと思っていたんです。ごめんなさい料も含めて二十万くらいで良いでしょうか。後で包むので柴田君に渡してください」

「室戸ね。渡しておく。――それはそれとして」

麻耶は席を立ち、デスクの前に移動した。塗りつぶしたようなレンズに麻耶の凍り付いた無表情が映り込んでいる。

「……何か？」

「サングラスを外して。今、ここで」

守亜は困り果てたように眉尻を下げた。

「大丈夫ですって。本当に。形原旅館も一瞬しか視てませんし――」

「いいから」

返事はない。抵抗は無意味だと判断したのか、守亜は渋々サングラスを外した。

露（あら）わになったのは麻耶と同じ異形の瞳――忌み目だ。しかも、両目とも。

守亜の目は紫よりも金に近い。瞳孔（どうこう）から走る金色のひびが虹彩の三分の二ほどを埋め尽くしている。

忌み目に走るひびのことを〝金糸(きんし)〟と呼ぶ。

金糸は忌み目を使えば使うほど進行する。特にムスビ持ちの建物は金糸の進行を早めると言われている。

金糸が紫を食らいつくし、瞳が金に染まった時――それが、悔退師の最期だ。

詳しいことはよく分からない。なぜそうなってしまうのかも不明だ。とにかく、瞳が金色に染まった悔退師は彼岸に至り、自ら命を絶つ。これは長年覆ることのない定めらしい。

守亜に忌み目を使わせないようにしている理由はそこだった。

これ以上金糸が進行すれば、守亜は死ぬ。自殺してしまう。それは絶対に許してはならないことだ。

「そんな顔しないでください。大して進行していないでしょう？」

守亜は僅(わず)かに目を細め、自嘲(じちょう)気味に笑った。金に輝く瞳はこの世のものとは思えない美しさと異質さを孕(はら)んでいた。

「お願いだからもう目を使うのはやめて。これ以上金糸が進行したら」

「まだ死にませんよ。弟子が一人前になるまでは死にません。そう決めているんです」

「なら、一生一人前にならない」

「おや困りました、このままでは仙人になってしまいます。……なーんて」

時間切れと言わんばかりにサングラスをかけなおす。黒いレンズに映っている麻耶の顔は、泣くのを我慢している少女のようなそれだった。

「それで本題というのは何ですか？　私も暇じゃないんですよ。今民家のトイレから現れた鮫と戦う映画を観てる途中なんです」

——それは暇と言って良いんじゃないだろうか。

麻耶は大きく溜息をつき、ソファーに戻った。

「……形原旅館の件。少し、こんがらがってて」

「私に意見を求めるなんて珍しいですね。いつも一般人は首を突っ込むなと言うくせに」

「今回は無関係じゃないでしょ。古津さん……じゃない、湯原さんから解体の依頼を受けてる」

「確かに。——で、今どういう状況なんですか」

麻耶は知り得た情報を全て話した。

守亜はそれを適当な紙に書き殴り、真面目な顔で口に手を添える。

「なるほど、確かに複雑な状況ですね。あなたの見解は？」

「発見された死体は、バルコニーで殴打された人物のもので間違いないと思う。火災の原因も放火でまず間違いない。ムスビの原因は多分バルコニーで殴打された被害者……つまり殺人事件そのものだと考えてる」

「それは私も同意見です。被害者からは強烈な未練を感じました。端的に言えば、何かを伝えたがっている。だから形原旅館は焼け落ちなかったのでしょう」

「何かって何だと思う？」

「さあ、ちゃんと視たわけではありませんしね。誰かさんに視るなと言われましたし」

――視るなと言っても視るくせに。

「とりあえず死体の解剖結果を待ってはどうです？　被害者が誰かさえ分かれば人間関係から被疑者を絞ることが出来るでしょう」

まるで刑事のようなものの考え方だ。元警察関係者は伊達ではない。

殺人事件が起きた場合の捜査活動は大きく三つに分けられる。現場周辺で聞き込みを行う「地取り」、被害者の知人や家族などに聞き込みを行う「敷鑑」、そして凶器や遺留品の出所や行方を調べる「ナシ割」。

今守亜が言ったのは敷鑑だ。犯人逮捕に結びつく可能性が高い捜査作業のため、基本的に優秀な人員がまわされる。ハイソウのような窓際部署が敷鑑にまわされる可能性は極めて低い。

「マル害の身元が明らかになっても、私は大した仕事を任されないと思う。上司は私が捜査に関わることを良く思ってないから」

「別にそれでもいいのでは？　他の人が犯人を捕まえてくれるのでしょう。楽でいいじゃないですか」

「私にも刑事としてのプライドはあるよ。手柄だってあげたい。窓際部署で資料整理する毎日なんてまっぴら。……ただ、今回はそういう話じゃなくて」

麻耶はコーヒーカップを手に取った。

黒い水面に映る顔は、不安に塗れていた。

「形原旅館の件は、事件とムスビが深く関係していると思う。これは本当に勘だし、なぜこう思うか説明できないんだけど……やり方を間違ったら取り返しのつかないことになる気がする」

「それは建物を解体出来なくなる、という話ですか？」

「いや、そういうことじゃない。何て言えばいいんだろう。……真実が埋もれたまま事件だけが解決されてしまう。そんな気がして」

「難しいことを言いますね。私は解体できれば何だっていいという考えなので、あなたの言っていることは理解しかねるのですが……」

守亜は溜息と共に煙を吐いた。

「仕方ありませんね。……私と取引をしませんか」

「取引？」

「ええ、取引」

「話の流れがさっぱり見えないんだけど」

「私はとある情報を持っている。そして、あなたも恐らく私が求める情報を持っている。だから等価交換といきましょう」

「取引とかじゃなくて普通に教えてくれればいいのに」

「警察に無条件で情報提供するのは私の主義に反するので」

――相変わらず面倒臭い男だ。

「師匠が求める情報ってなに？　警察組織に関する機密情報とかなら、さすがに教えられないけど」

「内容次第というのなら取引はなしです。私だけが情報を提供して、あなたが黙りというのは不公平ですので」

「ああもう面倒臭いな。じゃあ私が先に情報を教えて、その内容にご満足頂けたら師匠も教える……それなら良いでしょ」

「あなたが良いならそれで構いません」

守亜はサングラスを押し上げ、麻耶に視線を向け直した。

「私が知りたいのは、あなたが形原旅館で視た記憶の内容です。生憎ですが私はあの建物を視ることが叶わなかったので」

「視たものの内容ならさっき大体話したよ。何者かがバルコニーにいた人を鈍器で殴って、川に……」

「その件ではありません。警察が今捜査している内容に関しては興味がない。……知りたいのは、自殺者がいたかどうかということです」

――自殺者、とは何の話だ。

「形原旅館を視る過程で自殺者の記憶を視ませんでしたか。亡くなったのは女性。首吊り、服毒、飛び降り……何でも良いです」

「……あ」

一瞬、全身に鳥肌が立った。

飛び降り——かどうかは分からないが、屋根から転落しただろう女性の記憶なら視た。

「卍(まんじ)」の形に折れ曲がった手足と、広がる長い髪の毛が頭に残っている。

「屋上から落下してきた女性なら、視た」

「自殺かどうかは分からない、と」

麻耶は小さく頷く。

「他に何か視ませんでしたか。何でも良いです」

「後は……外から屋上を見上げている人影も視えた。それは記憶自体が薄いみたいで、すぐに消えてしまったけれど」

「他は？」

「特にないかな。ぽつぽつ声が聞こえたくらい。声自体はよくある旅館のワンシーンって感じで、取り立てて変わったこともなかった。謝っている声が少し多いように思えたけど」

「そうですか、分かりました」

守亜は煙草の灰を灰皿に落とした。頭蓋骨の形をした灰皿には、黒く細い煙草が大量に詰め込まれていた。

「まあいいでしょう。では、こちら側の情報を」

場の空気が少しだけ強ばる。

窓から西日が差し込んでいるせいか、守亜の姿は黒い影のように見えた。

「形原旅館のバルコニーから落下した人物ですが、年齢は大体二十代半ばから後半。男性。あなたが視たとおり何者かに頭部を殴打され、川に落下。浮上してこなかったので、そのまま溺死したものと考えられます」

「待って、姿が視えたの？　なら犯人は……」

「犯人の姿は影になっていて視ることが出来ませんでした。ただ、犯人は被害者を殴打した後、凶器を川に投げ捨てて場から立ち去ったようです。立ち去ったというより、逃げたと言った方がいいかもしれません」

麻耶が岩陰で電話をしている間、守亜は思ったよりもしっかり〝視て〟いたらしい。だがこうして情報提供を受けてしまっている以上、怒るに怒れない。麻耶はこみ上げてきている文句をぐっと呑み込み、小さく頷くに留めた。

「つまり、突発的な犯行だったってこと？」

「そこまでは分かりません。……もう一つ、不可解なことが」

「教えて」

「被害者の男性ですが……若干似ているように感じました」

「誰に？」

「浅間さんです」

思わず生唾（なまつば）を呑み込んだ。

――被害者が浅間に似ていた？　それは一体どういうこと。

「被害者は浅間さんの血縁関係者かもしれないってこと？」

「それは何とも。歳の頃は同じように見えたので、少なくとも親子ということはないでしょうね。兄弟か、双子か、そっくりさんか……あるいは……」

今ばかりは守亜の迂遠（うえん）な言い回しが腹立たしい。

麻耶は渋面を浮かべ、一生懸命守亜の言葉を噛み砕こうとした。だがどれだけ思考を巡らせても〝顔が似ている理由〟について思い当たることはなかった。

そもそも理由があって顔が似ている、とはどういう状況なのか。血縁関係無しに顔が似ているなど偶然以外のなにものでもない。

「おや、ピンときませんか。頭にチョコレートでも詰まっているのでは？」

「うるさいな。もっと分かりやすく言って」

「以前にも話したでしょう。名前というのはある意味恣意的（しいてき）なものです。物事をどう区別するかも、あくまで人間の主観による。世界は最初から区別などされていないのですから」

「それ何度も聞いたよ。むべんぶっちってやつでしょ」

「無分別智です」

食い気味な訂正が腹立たしい。

「その話と浅間さん、どう関係があるって言うの」

「我々は浅間玲二さんを〝浅間玲二〟だと思っている。それはなぜですか」

「なぜって……本人がそう名乗ったからでしょ。それ以外にない」

「なるほど。では私がとある人の前で『はじめまして、吉灘です』と名乗れば、その人にとって私は吉灘という人間になりますね」

　時が止まった――ような気がした。

　昨日浅間玲二に会った。土倉不動産の古津という営業は、若手俳優めいた青年のことを「浅間玲二」だと紹介した。形原旅館の所有者だとも言った。――言ったのだが。

「つまり師匠はこう言いたいの。この間会った浅間玲二は、浅間玲二とは限らない」

　守亜は煙草の煙を吐くと、

「どう解釈するかはあなたに任せます」

　そう言って、口の端を吊り上げた。

□

　十一月二十八日。午後一時半。

　麻耶と室戸は東区にある土倉不動産の事務所を訪れていた。

　事務所は雑居ビルの二階に入居しており、内装は酷く殺風景だ。壁や床の経年劣化が激しい割に調度品は比較的新しい。事務所はいくつかの部屋に分かれているものの、全体としてかなり狭いように感じられる。

麻耶達は事務所を訪れるなり、狭い応接室に押し込まれた。案内してくれた事務員の女性は驚く程無愛想で、出されたコーヒーは味がしなかった。

土倉不動産を訪れた理由は、ひとえに浅間玲二と話がしたかったからだ。

昨日の夕方古津に連絡をとったところ「浅間さんにご迷惑をおかけするのはやめて頂きたい」と怒鳴られた。もの凄い剣幕だった。

交渉の結果〝土倉不動産の事務所で〟〝古津も同席のもと〟浅間と会うことが許された。ただ話を聞くだけなのにこれだけの条件をつけてくるなど、それ自体がすでに怪しい。やましいことがあると言っているようなものだ。

昨日守亜に話を聞いてからというもの、浅間のことが気になって仕方がなかった。もし浅間が偽者であるとすれば、形原旅館で起きた殺人事件ないし傷害致死事件は大分見方が変わってくる。

だが浅間を偽者とする根拠は今のところ〝忌み目〟で視た記憶だけだ。しかも麻耶が視た記憶ではなく、守亜が視た記憶である。偽者説を推すにはあまりにも根拠が弱い。少なくとも白石は納得しないだろう。

とりあえず今は美園の証言——一年前に失踪したという点を詰めていくしかない。

そこから何かボロが出ることを祈るばかりだが——。

「お待たせしてしまってすみません」

応接室の扉が開き、古津と浅間が姿を現した。

古津は露骨に不機嫌そうな顔で麻耶の正面に腰掛ける。浅間は少し不安げに視線を泳がせた後、古津の横——室戸の正面に腰掛けた。顔色が酷く悪かった。

「形原旅館近くで死体が見つかった件、捜査は進んでいるのでしょうか。地価が落ちるようなことがあっては困るのですが」

古津はじっとりとした目で麻耶を見据えた。虹彩が小さいためか威圧的に感じられる。だがその程度で怯む麻耶ではない。

「現在捜査中です。死体の件はまだ公にしておりませんので、地価に影響が出るという心配は今のところないかと思います」

「早いところ事件を解決して立ち入り制限を解除してはもらえませんか。大変不利益を被っているのですが」

「重々承知しております。ですが捜査の関係上、まだ関係者以外を立ち入らせるわけにはいきません。ご理解下さい。……ところで」

麻耶は目を細め、浅間に視線を置いた。

「今日はいくつか浅間さんに質問したいことがあるのですが」

「昨日、南署の刑事にも話を訊かれたのですがね。なぜ警察というのは情報の共有をしないのですか。非効率的では？」

「南署の刑事課とは部署が異なるものですから。決して不仲というわけではありませんが、我々は我々で独自に捜査を進めております」

トントンと音が聞こえる。古津の太い指が苛立(いらだ)たしげに机を叩いている音だ。

「まず確認したいのですが、浅間さんはクラウドファンディングで資金を募り、形原旅館を外国人向けの民宿として作り替えるつもりだったそうですね？　前所有者の形原哲夫さんは、その話にいたく感動して不動産を譲ったとか」

「それは昨日も警察に説明しましたよ。浅間さんは若くして……」

「私は浅間さん本人に質問しています」

古津はぐっと言葉を呑み込んだ。目の下がピクピクと動いているのが分かった。

「どうですか、浅間さん。旅館再生の話は真実でしょうか」

浅間は不安げに頷き、唇を噛む。

「そうです。小さいけど、みんなで協力して暮らせるような、ええと……コン、コンド」

「コンドミニアム？」

「それです。コンドミニアムのような形にしようと」

コンドミニアムとは確か賃貸マンションとホテルが合わさった宿泊施設のことだ。オーナーが住居として利用しない間、部屋を旅行者に賃貸することができる。部屋には家具や什器(じゅうき)、生活に必要な設備一式が揃っているものの、ホテルのような手厚いサービスはなく、食事や掃除、風呂(ふろ)などは宿泊者自身で用意する。

「コンドミニアムへの建て替えを検討していたのに、現在は形原旅館の売却を検討していらっしゃいますね。それはなぜですか」

「形原旅館周辺の土地を所持している企業から打診を受けました。あの場所さえ手に入ればまとまった土地になるから、どうにかならないかって」

「それは何という企業でしょう」

「ええと……それは」

浅間は助けを求めるように古津を見た。

「申し訳ありませんが、買主様の情報をお伝えするわけにはいきません。そもそも土地の件は事件と無関係でしょう」

——なるほど。こういう時のために古津が同席しているのか。

「分かりました。では質問を変えます。浅間さんは形原旅館を取得後、一年ほど姿を消していたようですね。それはなぜですか」

「あ、あの」

「どうしました、浅間さん。一年間どこにいらっしゃったのですか」

「ごめんなさい。言えません」

浅間は大きく喉を上下させて唾を飲み込んだ。

「どうしてでしょう」

「言いたくないからです。一年間、東京にいました。でもなぜ札幌を離れたかは、ちょっと……」

──もう一押しするか。いや、ここは引いた方がいいかもしれない。

「そうですか。では……ご家族について教えて頂いてもよろしいでしょうか」

「いい加減にして下さいよ」

口を開いたのは古津だった。

こめかみに青筋が立っている。今にもヒステリックに怒鳴り散らしてきそうだ。

「何なんですか、さっきから。もしかして浅間さんを疑っているんですか？　こっちはね、取引を中断させられて、建物も勝手に占拠されてるんですよ。その上今度は犯人扱いですか？　ふざけないでください」

「お怒りはごもっともですが、これも捜査の一環です」

「浅間さんの家族構成について訊くことが捜査の一環？　どういう関係があるんですか」

「それはお答えできません」

「こんなものは捜査でも何でもない。滅茶苦茶だ。お引き取りください。しつこいようなら弁護士に相談しますよ」

古津がテーブルに拳を叩き付けたせいで、カップから僅かにコーヒーが零（こぼ）れた。

古津の顔からは焦りが見て取れる。

「……家族はいません。母は昔に家を出て行って、それ以来一度も会ってません」

静寂の中ぽつりと言葉を零したのは、意外にも浅間本人だった。

「生活するために今まで色んな事をしてきました。借金もあって、苦しくて、生きるために必死で……。だから、その」

浅間はがっくりと項垂れ、消え入りそうな声で二の句を継ぐ。

「今回の取引が上手くいけば良いな、と」

――何だろう、この感じ。

今まで何もかも嘘くさかった浅間の言葉が、今ばかりは真実であるように感じられる。浅間の言葉が本当なら、生活が困窮しているあまりに形原旅館の売却を決めたということになる。だとすれば取引が上手くいくことを願うのは自然だ。まとまった金が転がり込むのだから。

「もういいでしょう、刑事さん。浅間さんも色々と大変なんですよ」

古津はわざとらしく咳払いをし、浅間の背中に手をおく。浅間はビクッと肩を跳ねさせ、みるみる顔を青くしていった。

「質問は以上ですか？　では、こちらから捜査の期間など色々と質問させて頂きたい。買主様も、取引の停滞を非常に憂慮しておられるものですから」

古津は肉食獣のような目で麻耶を見据えた。

傍らにいる浅間は、動けなくなった獲物のように、恐怖に塗れた表情を浮かべていた。

「いやあ、感じ悪かったですね。古津さん」

室戸は土倉不動産の事務所を出るが早いか、わざとらしい程の声量でそう言ってのけた。

あわよくば本人に聞かせるつもりなのだろう。室戸は結構そういうところがある。

一方麻耶は疲れ切った表情で首を左右に傾けた。

——やけに疲れた。

古津のヒステリックな態度はおいておくにしても、浅間の壊れそうな表情を見ているのは苦しかった。特に浅間が家族について話してからというもの、浅間に対する同情心がふつふつと沸き起こりつつあったのだ。

そもそもは浅間を問い詰めるために来たというのに、逆に絆されるなんて。

「どうします？　本部に戻りますか」

「夕方に司法解剖の結果が出るらしいから、それまで定山渓で聞き込みをする。もう少し形原旅館について情報収集をしないと……」

その時、雑居ビルの階段から何者かの足音が聞こえた。二階から降りてきたのは浅間だった。

「あ、どうも刑事さん……。さっきはありがとうございました」

浅間は上着を着ていなかった。帰るというわけではなさそうだ。

「こちらこそありがとうございました。色々と質問してしまってすみません。……どうかされましたか」

「実は、あの……名刺を」

「名刺？」

「はい。先日頂いた名刺をなくしてしまったので、もう一枚頂けたらと思いまして」

わざわざその為に降りてきたのだろうか。

室戸が若干不愉快そうな顔をしている。麻耶は室戸の二の腕を抓んで窘め、名刺入れを鞄から取り出した。

「こちら名刺になります。何かありましたら電話でもメールでもかまいませんので、いつでも……」

「吉灘さんは、建物に関係する事件を担当されているんですか？」

麻耶は思わず目を瞬いた。妙な質問だ。

「はい。廃物件に関する事件を主に担当しています。それがどうかしましたか」

「建物が関係していない事件には関与しないってことですか」

「基本的にはそうですが……何か困っていることがあるのですか」

浅間は分かりやすく喉を上下させ、上目遣いで麻耶を見据えた。

「——助けて、欲しいんです」

ざわ、と周囲の街路樹が揺れた。

住宅地の中にあるためか、場は静寂に包まれている。人の気配もない。遠くで車の音が聞こえるくらいだ。

「詳しく聞かせて下さい」

「お金がなくて、生活するためには何でもしないとならなくて。それで、お金がもらえるっていうから、こんなこと嫌だったけど、仕方なくて」

「浅間さん、落ち着いて。あなたは一体何をさせられたんですか」

車の音が近づいてくる。

「僕は……」

浅間がチラリと視線を上げる。

その刹那、作り物めいた綺麗な顔には哀れに思えるほどの恐怖と絶望が滲んだ。

「どうしたんですか。答えて下さい。浅間さん」

雑居ビル横の駐車スペースに黒い車が入り込んだ。黒塗りの高級車だ。見窄らしいビルには不釣り合いである。

浅間はその車を見るが早いかガタガタと体を震わせた。麻耶から離れるように後退し、ビルの入口へと走って行く。

「待って下さい！　さっきの話は一体……」

「また連絡します。必ず連絡します。だから、すみません。今日はごめんなさい」

浅間は振り返りもせず二階へと駆け上がっていった。

一拍置いて、黒塗りの車からスーツを着崩した男が降りてくる。サングラスをかけ、髪を金色に染め、派手なアクセサリーを光らせている様は、まるで絵に描いたようなチンピラだ。髭を生やしているものの、歳はそれほどいっていないように見える。三十代半ばといったところか。

男はだらだらと雑居ビルに足を運び、麻耶と室戸に対して小さく会釈をした。そのまま階段を昇り、二階へと上がっていく。

ふと、土倉不動産の事務所に視線をやった。

事務所の窓――ブラインドの隙間からは、憎々しげな表情の古津が麻耶達を見下ろしていた。

□

「形原さんのところねえ。知ってるわよ。色々大変だったみたいでね」

饅頭(まんじゅう)屋の女性店員はガラス製のショーケースの上に湯飲みを二つ置き、麻耶と室戸に勧めた。ショーケースの向こうでは女性店員が自分の湯飲みに残った煎茶(せんちゃ)を注(つ)いでいる。かなり歳を重ねているように見えるが、その動きは機敏だ。

午後三時。定山渓温泉街。

麻耶と室戸は土倉不動産を後にし、そのまま定山渓へと車を走らせた。移動中何度も土倉不動産に連絡をしたが、「ただいまほかの電話にかかっています」というアナウンスが流れるばかりで、繋がることは一度もなかった。

とりあえず今は浅間からの連絡を待つしかない。白石と南署にも連絡し、浅間から電話があった場合はすぐに対応するように伝えておいた。一晩待っても連絡がない場合、最悪宿泊先に直接足を運ぶという選択肢も視野に入ってくる。

あまり気にしすぎても良くない。それは分かっている。

だが、事態がどんどん悪い方向へ転がっているような気がしてならない。

「あの建物、曰く付きだなんて噂が立ってるんでしょう？　河童が住み着いているとか何とかで」

店員の声を受け、麻耶はハッと我に返った。

――だめだ。今は聞き込みに集中しないと。

「河童……ですか？」

「そう。女の河童。形原旅館が建っている場所の近くにかっぱ淵っていう場所があるの。そこの伝説、刑事さんは知ってる？」

「ざっくりと、ですが」

女性店員が言っているのは〝かっぱ淵伝説〟と呼ばれるものだろう。昨日美園が言っていた河童の話があまりに気になり、本部に戻った後インターネットで調べた。伝説については定山渓の公式ホームページに載っていた。

伝説とはこのようなものだ。

明治時代、定山渓に暮らしていた若者が川で溺れ、行方不明になった。親族や仲間は必死に捜索したが若者が見つかることはなく、悲しみにくれていた。その一年後、若者が父親の枕元（まくらもと）に現れ「河童の妻と子と幸せに暮らしているから安心して欲しい」と告げた。以降、若者が溺れた川は〝かっぱ淵〟という名で呼ばれるようになった。

若者が河童に連れ去られたのか、溺れたところを助けられたのかで解釈が変わってくるが、麻耶はどちらかというと〝連れ去られた説〟に傾いていた。そう考えてしまうのは、美園の話に引っ張られているからなのかもしれない。

美園は確か「定山渓の河童は男の人を奪っていく」と言っていた。浅間は河童に連れて行かれて行方不明になったのだ、とも。

どちらにせよ、定山渓の河童伝説は若い男が川で溺れるところから始まるわけだ。男が川に落ちて行方不明になり、その一年後に現れる。

──何だか嫌な符合だ。

「形原旅館にはね、その伝説の女河童が住み着いているって言われているの。いなくなった旦那をずっと待っていて、男が現れたら旦那だと思って川底へ連れて行ってしまうのだって」

女性店員は売り物の温泉饅頭を勧めてきた。麻耶は代金を支払って十個購入し、二つを室戸に渡して、一つを自分の口に放った。ほのかな甘みともちもちとした皮が絶妙だ。黒糖の風味が利いている。

「確かに転落事故が多発していますし、自殺も一度か二度あったようですからね。妙な噂が立つのは仕方がないですよ」

麻耶が饅頭を食べている間に、室戸はうんうんと頷きながら女性店員に返答した。

「そうなのかしらね。しかも今回不審火でしょう？　形原さんが可哀想よ。昔から苦労ばつかりで」

「形原さんと仲が良いんですか？」

「仲が良いって程でもないけど、ウチも形原旅館も古い店だったからね。交流はあったの。昔は今みたいにホテルなんて沢山なかったし。ご主人よりも奥さんとよくお喋りしたわね」

「奥さんっていうのは、鶴美（つるみ）さん？」

「娘さんの方じゃなくて、トモさん。哲夫さんの奥さんよ。今は施設に入ってるって聞いたけど」

「ああ、鶴美さんのお母様ってわけですね。……苦労ばかりだったっていうのは？」

「それはもう、色々よ。鶴美ちゃんも旦那さんと離婚して、小さい娘さん抱えて出戻りでしょう？　それで哲夫さん達と一緒に旅館を切り盛りしてたけど亡くなっちゃって。トモさん、もう壊れちゃうんじゃないかってくらい悲しんでた。娘が亡くなったんだから当然でしょうけど」

　女性店員はティッシュに包んだ砂糖菓子を持ってきて、ショーケースの上に置いた。ゼリーに砂糖をまぶした、懐かしいお菓子だ。

「嫌がらせの件も、鶴美ちゃん、ずーっと気にかけてて。本当に酷い話よ。どうしてあんな」

　麻耶と室戸は互いに顔を見合わせた。

——嫌がらせ？　一体何の話だ。

「それ、もう少し詳しく聞かせてくれませんか」

麻耶に問われ、女性店員は困ったように頰を触った。

「あら、どうしましょう。余計なこと言っちゃったかも。あんまり人に喋らないでって哲夫さんから言われてるのよ」

「他言はしません、安心して下さい。捜査の参考にするだけです」

「捜査って火災の件でしょ。関係あるとは思えないわ」

「小さな事でも拾っていくのが刑事の仕事ですから」

女性店員は観念したのか、肩を落とした。

「そう面白い話でもないのよ。こういう古い温泉街にはよくある話。……ちょうど、五年前くらいだったかしら。形原旅館が嫌がらせに遭ってね。それも一度二度じゃなくて、ずっとよ」

「嫌がらせというのは、どんな？」

「窓ガラスを割られたり、動物の死体を旅館の中に投げ込まれたり……あと、看板犬だったタレ君が突然体調を崩して死んだのも、多分嫌がらせのせいだと思う。何か悪いものを食べさせられたんでしょうね」

「かなり悪質ですね」

「でしょう。あとはインターネットに悪い事を書き込まれたり、鶴美ちゃんがね、旦那さんとのことを中傷されたり。あとはお孫さん……ええと、確か」

「美園さん？」

「そうそう。美園ちゃんに対していやらしいことを言って困らせたりもしていたそう。トモさんもかなり参っていたけど、特に鶴美ちゃんが参っていたみたい」

「警察に相談はしなかったんですか？」

「哲夫さんがね、気にするなって。哲夫さんに会ったことある？」

「いえ、ありません」

女性店員は砂糖菓子を口に放り込み、むちゃむちゃと咀嚼した。

「余所様のことをこう言うのは良くないかもしれないけど……哲夫さん、ちょっと古い考えの持ち主でね。昭和の男と言ったらいいのかしら。いえね、私も昭和の女だけど。哲夫さんは嫌がらせに屈することを悪い事だと思っていたの」

「だから放置した？」

「そう。無視していればいつか終わるって。でもそのあと鶴美さんが亡くなって、さすがの哲夫さんもがっくりきたみたい。あっさり旅館を閉めてしまったのよ」

「待って下さい。……鶴美さんの死因って？」

美園は確か病気のようなものと言っていた。

今の話を踏まえると、とある可能性が浮上してくる。

屋根から転落したあの人影。まさか。

「病気だったと聞いているわ。ずっと体調が良くなかったんですって。まだ若かったのに、可哀想よ」

病気――考えすぎか。

「鶴美さんの死後、嫌がらせはなくなったんですか？」

「そうみたい。代わりに、建物を売って下さいって人が沢山やってきたらしいわ。トモさんとしては早々に売ってしまいたかったみたいだけれど、哲夫さんが断固として拒否したの。相続以外認めないって」

「相続ということは……孫の美園さんに、ですよね」

「ええ」

「哲夫さんはなぜ売らなかったのでしょう」

「被害妄想といったら悪いかもしれないけど……嫌がらせをね、地上げのようなものだと思い込んでいたらしいの。言い寄ってくる不動産屋さんが全て敵に見えていたんじゃないかしら。トモさんも説得したそうだけど、全然聞いてもらえなかったって言っていたわ」

少しずつ経緯が見えてきた。

五年前、形原旅館は度重なる嫌がらせを受けて疲弊していた。そのタイミングで鶴美が死去し、哲夫は旅館の閉業を決める。嫌がらせはなくなったものの、代わりに不動産業者が押し寄せ、哲夫は不動産業者が嫌がらせの黒幕だと思い込んで売却を断固拒否した。

ここまでは筋が通る。だが、問題はこの後だ。

三、四年の間に何があったかは分からないが、少なくとも哲夫は不動産を誰にも譲らなかったのだろう。だが一年前、ぽっと出の浅間玲二に不動産を譲った。相続以外認めないと言っていたにも拘わらず。

この一年前の出来事がどうしても飲み下せない。

家族とともに経営し、思い出の詰まった形原旅館を、たかだか夢を語っただけの若者に譲るだろうか。

形原哲夫と浅間玲二の間には、何か関係があったのでは。

「一年前に売却したって聞いて、私ほっとしたのよ。ようやくトモさんも肩の荷が下りるわって思って。それなのに今回の火災でしょう？　あんまりだわ。やっぱり呪われているのかしら」

「例えばですが……火をつけるような人物に心当たりは？」

女性店員はゆるゆると頭を振った。

「ないわ。若者がたまに旅館を訪れて肝試しをしていたけれど、人の出入りなんてそれくらいよ。あとは外国の会社？　のお偉い様が来るくらい」

「なぜ外国の会社から？」

「分からないけど……あの辺りに高級ホテルを建てるつもりらしいのよ。だから視察に来ているのじゃないかしら」

なるほど、先ほど浅間が話していたことはそう繋がってくるのか。

浅間は〝形原旅館周辺の土地を持っている企業から打診を受けた〟と言っていた。その企業とは外資系のホテル会社なのだろう。形原旅館の建っている場所さえ手に入れば土地がまとまり、ホテルの建設に着手することができる。かつてはこういったケースで地上げが横行していたと聞く。

そう考えると、確かに形原旅館の売買はかなり大規模な取引だと言える。古津がヒステリックになる理由も分からないではないし、守亜が三百万という大金で雇われるのも理解出来る。

一方で、不可解な点も際立ってきた。

形原哲夫が浅間に不動産を譲った理由。

守亜に解体を依頼してきた湯原という人物。

浅間が抱えている秘密。

このあたりが明らかになれば、事件の真相にかなり近づける気がするのだが——。

「ねえ、この話……本当に他の人には喋らないでいてくれる?」

女性店員は手にしていた湯飲みをショーケースに置き、途端に表情を暗くした。

「形原家の人たち、何と言えば良いのかしら……好奇の目に晒されることがもう嫌なのよ。そっとしておいて欲しいと言っていた。鶴美ちゃんのことを静かに悼みたいって。だからね」

「分かっています。きちんと配慮しますよ」

「ありがとう。あなた達は、何となくだけど信用してもよさそうだわ。前に話を聞きに来た刑事さんはちょっと高圧的だったから、あんまり色々話せなかったの。……話した方が良いとは思っていたのだけど」

「勇気を出して話して下さって感謝します。形原旅館に関する問題は、我々警察が絶対に解決してみせます」

女性は八の字に眉を歪めたまま苦笑した。秘密を喋ってしまったことの罪悪感と、形原家に対する純粋な心配が、ぐちゃぐちゃに入り交じったような表情だった。

□

「なるほどねえ。どんどんきな臭くなってきたなあ」

大宮は温泉饅頭を頬に詰め込み、まるで漫画でも読んでいるかのような気軽さで室戸のメモ帳を見ていた。向かいでは麻耶が捜査資料を作成しているのだが、そんなことは微塵も気にしていない。暢気に饅頭を堪能している。

午後七時。道警本部ハイソウ部屋。

麻耶と室戸が聞き込みから帰ってきたのは夕方の四時半頃だった。その後白石から司法解剖の結果を聞き、簡単なブリーフィングをして、いざ捜査報告書を作成しようと意気込んだのが六時半。麻耶と室戸は残業の態勢を整えるべくコンビニへ軽食を買いに行き、こうして夜の署内で捜査資料の作成を行っている。

司法解剖の結果は期待したほどのものではなかった。

川から見つかった死体は二十代半ばから三十代前半の男性で、死因は溺死。頭蓋骨の骨折は殴打によるものなのか転落の衝撃で負ったものなのかは判断がつかないとのこと。法歯学会からの返答はまだなし。死亡推定時期は約一年前——浅間が失踪した時期と同じだ。

南署はここ数年の行方不明者リストなどを調べ、どうにか身元を特定しようとしている。しかし今のところ芳(かんば)しい結果は出ていない。動画投稿者や廃墟探索者のコミュニティに情報を募っても、有力な手掛かりは得られずじまいだそうだ。

つまり死体は依然として〝名無しの権兵衛(ジョン・ドウ)〟のままというわけである。

「吉灘君はどう考えてるの？　何だか話が込み入ってるみたいだけど」

大宮はメモ帳を室戸に返し、巨大なマグカップでコーヒーを啜った。中に入っているコーヒーがなくなるまでオフィスにいるつもりなら、多分あと三十分ほどは帰らないだろう。

麻耶は回転椅子(いす)の背もたれに体を預けた。ギッ、と軋(きし)むような音が響いた。

「これはほとんど勘なんですが」

「構わないよ。今班長いないし」

「……私は、浅間玲二が偽者なんじゃないかと考えています」

途端に、カップ麺を啜っていた室戸がむせ込んだ。

「なるほどねえ。じゃあ、本物の浅間さんは？」

麻耶は机の上にあった司法解剖結果の報告書を手に取る。大宮は意味を理解したようで、うんうんと首を縦に揺らした。

「ちょっと待って下さい、気管に入って……違う、変なところに入って」

一方室戸は慌てて水を飲み、拳で胸を叩いた。顔が真っ赤だ。

「ああもうびっくりした。浅間が偽者ってどういうことですか。初耳ですよ」

「そりゃあ、言ってなかったから」

「何で言ってくれないんですか！　そういうのはまず相棒の俺に言うものでしょう」

「もうちょっと情報が集まってから言おうと思ってたの」

室戸は口を開いたり閉じたりしていたが、言葉が出てこなかったのか眉を顰めて終わった。散歩に連れて行ってもらえず怒っている犬のようだ。

「……ということは、吉灘君は二課的な話を想定しているのかな？」

大宮の問いに、麻耶はゆっくりと頷く。

「そうです。ごんべん系の話を」

「残念、君が言わんとしているのはにんべんなんだなあ」

「詐欺なのに？」

「連中の主な仕事は関係書類の偽装だからね」

室戸は麻耶と大宮を何度も見比べ、頭を掻いた。

「ごんべんだとか、にんべんだとか、漢字検定の話ですか？　俺二級持ってますけど。でも絶対漢検の話じゃないでしょう」

「おじさんは準一級持ってるよ。……じゃなくて。吉灘君が言っているのは地面師詐欺のことだよ」

「地面師詐欺って、ちょっと前に話題になってたやつですか。筑間ホームが数十億だまし取られたとかいう」

「大分ザックリした認識だなあ。確かに一課が持つ案件じゃないけど、話題になった事件は知っておかないとだめだよ。ほら、目の前の箱は何のためにあるのさ」

「目の前に箱なんてないですよ。もしかして、ティッシュケースのことですか？」

「パソコンのことを言ってるの」

ようやく理解したのか、室戸はパソコンで地面師について調べ始めた。

地面師。――他人の土地を自分のものと偽って売却し、利益を得る詐欺師のことだ。

ここ最近で一番話題になったのは、室戸が言った「筑間ホーム事件」だろう。

二年前、大手不動産会社の筑間ホームが東京にある一等地を購入しようとし、六十億円近くを騙し取られた。

該当の土地には古くから旅館が建っており、所有者は旅館のオーナーだったそうだ。オーナーが高齢になったことで旅館は数年前に閉業し、建物はすでに解体されていた。

筑間ホームは所有者の女性と売買契約を締結し、購入金額の八割強を支払った。だが、いざ登記を移転しようとした時に問題が発覚した。該当の物件は所有者の息子へ相続されることが決まっており、手続きも進めていたというのだ。法務局は筑間ホームの売買予約を無効とした。

その後筑間ホームが契約を締結した女性は音信不通となり、支払った六十億円も戻ってこなかった。後からの調べで、筑間ホームが取引をした女性は、本当の持ち主と似ても似つかないことが明らかとなった。

「……それで、吉灘君は事件の全貌をどう考えているの？　浅間さんが実は偽者で、地面師詐欺に関与してるって考えなわけだよね。しかも、本当の持ち主は既に死亡してる。殺人事件かもしれない」

「事故か事件かという問題はひとまずおいておくにしても、形原旅館を売ろうとしている浅間さんは本物じゃないような気がするんです。不動産所有者を騙って売買取引をしているとなれば、考えられるのは地面師詐欺くらいなものでしょう」

「つまり、土倉不動産はクロ？」

「そうなるでしょうね」

「なるほどね。もし地面師詐欺となると、土倉不動産の他にも大勢の悪い人が関わっていることになる。地面師詐欺は基本的にチームプレーだから」

大宮は机の引き出しから一枚の紙を取り出し、麻耶と自身の間に置いて絵を描き始めた。絵と言っても、十人分の棒人間だが。

「基本的に、地面師詐欺は十人前後のチームで動いてる。まず主犯格。これは界隈に有名な人が何人かいるみたいで、色んな詐欺事件に関与してる。つまりリーダーだね。名が知れていて、二課が一生懸命追ってるのは河野、勝田、あとは柳下あたりかな」

大宮は紙にかわの、かつた、やぎしたと平仮名で書き記した。

「他に成りすまし役を見つけて演技指導する〝手配師〟、書類の偽装をする〝印刷屋〟、振込口座を用意する〝口座屋〟、弁護士とか司法書士とかの〝法律屋〟なんてのもいる。あと、そうだなあ……仮に土倉不動産がクロだとして、他にもう二、三軒不動産屋が関わってると思う」

「どうして？」

「実際に不動産を欲しがっている人との間に何軒か不動産屋を挟むの。そうするとね、あら不思議。誰が悪い人なのか分からなくなっちゃう。厳密に言えば誰までが悪い人なのか分からなくなる」

「なるほど。小ずるいですね」

「小ずるいからこそ詐欺を働くんだよ」

大宮が言っているのは要するに〝仲介する不動産屋を増やす〟ということだろう。

形原旅館のケースで言えば、浅間が土倉不動産を介してA不動産に形原旅館を売り、その後A不動産はB不動産に転売する。それをC、Dと繰り返していって、最終的に形原旅館を欲しがっている人物——外資系のホテル会社に売る。

後々浅間の成りすましが発覚し売買契約が破棄されたとしても、買主である外資系ホテル会社はあくまで被害者だ。それは自明の理である。だが、間に入っている仲介業者がどこまで被害者なのかは分からない。

浅間が偽者だということをB不動産は知らなかったかもしれない。あるいは知った上で転売したかもしれない。それを追及する術はないのだ。「私は騙されただけです」と言われてしまえば、それ以上手出しはできない。

「地面師グループが十人前後いるとして、成りすまし役は下っ端ですよね？」

麻耶の問いに対し、大宮は小首を傾げた。

「どうかな。ただ、ワケありの人が成りすまし役をやらされているのは間違いないと思うよ」

「ワケありっていうのは？」

「借金があるとか、正規のお仕事ができないとか、社会復帰できないとか……まあ色々かな。大まかに分ければお金に困っている人と、弱みを握られている人だね」

土倉不動産での浅間の言葉が脳裏を過ぎる。

――助けて、欲しいんです。

浅間は振り絞るようにそう言った。

思えば、最初会った時に名刺を求められたのも不自然だった。あれはナンパなどではなく、ただ単に〝警察官〟の連絡先が知りたかっただけなのではないだろうか。もしかすると浅間は情報提供をする振りをして、自分の立場を告発するつもりだったのかもしれない。

だが名刺を失くしているのも不自然か……。

「吉灘君は、仮に今回の件が地面師詐欺だとして、本物の浅間さんについてはどう考えているの？」

「それはさっき言ったとおり、バルコニーから転落死したのが本物の……」

「そうじゃなくて。地面師連中が殺したって思ってる？」

――そう。そこが引っかかっている。

浅間偽者説を推すのであれば、本物の浅間を殺したのは地面師連中という可能性が濃厚になってくる。詐欺を働くために本物の所有者を消したという説だ。

だが、どうもしっくりこない。何かがズレている気がする。

「分かりません。そこだけがどうしても、ハマらない」

「なんで？」

「あの時バルコニーで彼を殴りつけたのは、そういう動機ではなかった気がするんです」

少なくとも邪魔者を殺して成り代わろうという計画性は感じられなかった。どちらかといえば突発的な、感情にまかせたが故の犯行だったように思う。

「僕は君みたいに綺麗なお目々を持ってないから何ともだけど、地面師連中が人を殺したって部分に関しては僕も否定的なの」

「どうしてですか？」

「リスクが高すぎるから」

大宮は珍しく真面目な表情で麻耶を見据えた。

「だって考えてもみてよ。あれこれ画策して、計画を練り練りして、チームをつくって、用意周到に詐欺を働こうとしているわけでしょ？　しかも、もしもの時の逃げ道まで用意してる。なのに人なんて殺しちゃったらその罪で一発アウトだよ。警察だってもの凄く騒ぎ出す。二課じゃなくて一課が出張ってきちゃうわけだし」

「つまり今の形原旅館の状況は、地面師連中にとって面倒な事態というわけですか？」

「多分ね。いやまあ、死体が見つかった地面師事件っていうのもあるにはある。でもあれは最後まで死体の件と詐欺事件の関連性が立証できなかったしなあ。特殊ケースだね」

「じゃあ、やっぱり所有者を殺して成り代わるっていうのは」

「ちょっと現実的じゃない。しかも浅間さんのケースで言うなら、死亡してから成りすますまで一年が経ってる。これもよく分からない」

「ですよね……」

麻耶は両手で額を押さえ、深く溜息をついた。

ピースは埋まりつつある。けれど少しずつズレているし、決定的なピースがまだ足りていない。主旋律の抜けた音楽を延々と聴かされているような気持ちの悪さだ。

川から見つかった死体だけが、事件の全体像からぽつんと取り残されている。

「とまあ色々言ったけど、とりあえず地面師詐欺って方向性は良いんじゃないかな」

大宮は温泉饅頭をまた一つ手に取り、ビニールの包装を剝がした。

「嫌がらせの話も不動産トラブル的な臭いがぷんぷんするしね。二課的な問題が絡んでるのは間違いないと思う。あとはどうやって班長を納得させるかだけど……まあ、何とかなるさ！　多分！」

驚く程無責任な発言だ。満面の笑みが腹立たしい。

どうやら〝真面目モード〟は終わりを迎え、通常通りの〝お茶飲みおじさんモード〟に戻ったらしい。先ほどまでの鋭さはもう見る影もない。

麻耶は肩を落とし、深く溜息をついた。

「何とかなりそうにないから困ってるんですよ。『勘です』と言うわけにもいきませんし」

「そんなこと言ったら絶対班長に怒られるだろうねえ」

「間違いなく怒られますね」

「とりあえず地道に証拠集めをしていくしかないんじゃないかな。悲しいけれど、綺麗なお目々を持ってるだけじゃ捜査報告書は書けない。捜査のための足も持っていないとね」

大宮の言っていることは正しい。警察官である以上、論理的に事件を解決する必要がある。解決すべきは心霊的な問題ではなく、あくまで事件だからだ。

ただ廃墟を解体するのか、それとも真実を明らかにした上で解体するのか――そこに悔退師と警察官の違いがある。

「まあ僕は全然心配してないけど。……君はちゃんとした刑事だから、きっと事件を解決できるよ」

大宮は少し寂しげにはにかみ、温泉饅頭を口に押し込んだ。

五つあったはずの温泉饅頭はいつの間にか残り一つになっていた。

□

捜査報告書を作成し、本部を後にしたのが午後十時。今の時刻は十一時前だ。あの後も大宮はマグカップのコーヒーがなくなるまでお喋りを続けていたため、報告書作成には普段の二倍の時間がかかってしまった。

麻耶は地下鉄東西線「宮の沢駅」で降車し、西野屯田通を南へと歩いている。麻耶が住むマンションは駅から歩いて五分ほどだ。

この時間に料理をする気には到底なれず、今日は駅直結の大型スーパーでマカロニサラダと半額のコロッケ、見切り品のおにぎりを買った。毎年冬限定で発売されるチョコレートがもう並んでいたので、それも買った。

夜道が明るい。うっすら積もった雪が街頭の光を反射し、辺りを照らし上げている。だが所詮は十一月の雪。明日の昼にはすっかり溶けているに違いない。この時期の雪は水っぽい上にすぐ溶けるため道路がぐしゃぐしゃになる。パンプスで歩くには最悪の季節だ。

麻耶は口を真一文字に引き結び、自宅への道を足早に突き進んでいた。

自分自身に何度も「落ち着け」と言い聞かせる。だが心臓の音はやまない。それどころかどんどん気が逸っていく。

つい先ほど、浅間からSMSが届いた。メッセージの内容はいたってシンプルだ。

——明日の午後、会って話したいことがあります。場所は大通公園一丁目。二時に。待ってます。

罠という可能性も考えた。だが指定されたのは人気のある大通公園だ。仮に誰かが待ち伏せしていたとして衆人環視の中一体何が出来るというのか。加えて、大通公園一丁目には交番がある。待ち伏せするつもりならそんな場所を指定したりはしない。

恐らく浅間は何かを告発しようとしている。昼間土倉不動産で言おうとしていた内容だ。浅間が何を伝えたがっているのか分からない。「僕は成りすましです」と告白するつもりなのかもしれないし、違うかもしれない。どちらにせよ浅間の証言が事件の捜査に大きく影響することは間違いないだろう。

明日、午後二時。大通公園。果たして鬼が出るか、蛇が出るか。

「……ああもう、さッむいな」

麻耶は寒さから逃げるようにマンションの玄関へと駆け込み、郵便物を回収してエントランスの扉を開けた。階段で三階まで上り、三〇五号室の扉に鍵を差し込む。

麻耶を迎えたのは寒々しい暗闇——ではなく。

「まや姉、おかえり」

灯りが煌々とついた玄関と、カレーの匂いと、麻耶の高校時代のジャージを着ている義妹の姿だった。

高沼遊子は麻耶が居候していた家の一人娘――つまり、従伯父夫婦の子供だ。麻耶にとっては遠い親戚にあたるのだろうが、幼少期から同じ家で過ごしていたため、ほとんど姉妹のような間柄である。

今年で二十三歳。軽くウェーブのかかったミディアムヘアに大きな眼鏡が特徴的な女性だ。現在は市内の大手建設会社で事務員として働いている。去年まで大学生だった為だろうか、社会人になった今でも若干垢抜けない。

「ねえ、遊子」

麻耶はテーブルに置かれたカレーとサラダを前にし、能面のような無表情で遊子を見据えた。

一方遊子は巨大なビーズクッションに横たわり、ノートパソコンを操作している。まるで自宅にいるかのようなくつろぎっぷりだ。実際、彼女は麻耶の家を〝第二の自宅〟だと思っている節がある。

「なあに？　あ、コンビニに新作のチョコケーキあったから買ったよ。冷蔵庫入ってる」

「もしかしてフランボワーズのフォンダンショコラ？」

「そう」

「ありがとう、愛してる。……じゃなくて。来るときは連絡してってって言ったでしょ」

「来た！」

「事後報告は連絡の内に入りません。来るって分かってたら部屋片付けたのに」

「片付けなんてしなくていいよ、私がやるから」

義妹に部屋の片付けをしてもらうのは二十七歳の社会人としてどうなのか。ただでさえ生活能力に欠けるというのに、これ以上遊子に甘やかされては嫁に行けなくなってしまう。

――まあ、行くつもりもないけど。

「仕事終わりにうちに来て家事もするなんて、疲れるでしょ。メリットもないし。それに最近仕事が忙しいって言ってなかった？」

遊子は身を起こし、ローテーブルに置いてあったパックの野菜ジュースを手に取った。その隣にはピスタチオとチェダーチーズが置いてある。酒飲みのような食い合わせだ。

「そこそこ忙しいよ。でも帰って一人でテレビ見てると、なんかこう……私って何のために生きてるんだっけ、みたいな気分になっちゃう。だから寂しくなったらまや姉のところに行くって決めてるの」

「実家に帰るのは？」

「最近、帰る度にお母さんからあーだこーだ言われるからなあ。……そういえばお母さん怒ってたよ。まや姉が電話に出ないって」

「あ」

麻耶は口へ運んでいたスプーンを一旦止めた。

昨日来ていた電話のことをすっかり失念していた。人間は〝嫌なこと〟を積極的に忘れ去る生き物だというが、どうやら本当のようだ。

今すぐ電話すべきか。

いや、今更焦って電話したところで何も変わらない。夕食を終え、フォンダンショコラも食べてから電話をするのがいい。そうやって先送りにするから忘れるのだが。

「忙しくて忘れてた。後でかけ直す」

「多分おじさんの命日のことだと思う。またみんなで集まって食事するって言ってたし、そのことじゃないかな」

「うん、メールでもそう書いてあった」

「メールも確認してるなら返事しなよぉ」

「ごめん」

遊子は非難するわけでもなく、ただ笑うばかりだった。

命日の件について返答を躊躇(ためら)っているのは、返事をしたが最後、〝参加〟が確定してしまうからだ。かといってこのまま無視し続けるわけにもいかない。

――なぜ、こんなにも嫌なのか。

ただ墓参りをして、その後食事をするだけだ。精々三時間程度のイベントである。なのに毎年この時期が憂鬱(ゆううつ)で仕方がない。

多分、高沼家の一員として父の死を悼むことが耐えがたいのだろう。

父の墓にお供えをして、申し訳程度にお経を読んで貰った後、高そうなレストランで豪勢な食事をし、高沼家の近況報告を聞き続ける——そんなことを繰り返すたび、父と母が遠ざかっていくような気がする。

だったら、はっきり「行かない」と言えばいい。

その勇気がないからこそ、麻耶は毎年憂鬱な気分を押し殺して食事会に参加する。

誘いを断る勇気がないのではなく、父の命日を一人で過ごす勇気がない。二十七歳になった今でも、世間に消費された父とどう向き合えばいいのか分からない。

母を守り切れなかったという負い目もある。父と母の墓を前にする度、強烈な怒りと失望を感じる。

父のような刑事になりたい。けれどなれない。焦燥と自罰的思考だけが募っていく。

——これでは、まるで迷子の子供だ。

「まや姉こそ仕事が忙しいんじゃない？　食事会って言ったって、どうせうちの集まりだし、無理して参加しなくても」

「大丈夫。何とか都合をつけるから。……気を遣ってくれてありがとう」

遊子は申し訳なさそうに唇を噛むばかりで、それ以上何も言わなかった。

あれこれ思い悩んでも仕方がない。毎年悩んで結局「行く」という決断を下しているのだから、さっさと返答してしまうべきだ。たった一日——いや、たった三時間、居心地の悪さに耐えればいいだけの話である。

そんなことよりも今は事件へ思考を向けなければ。捜査が難航すれば食事会の話どころではなくなる。

明日の浅間の話次第では、以降の捜査に二課が加わるかもしれない。億単位の金が動く地面師詐欺事件ともなれば二課にとってはかなりの点数だ。捜査本部が設置される可能性もゼロではないだろう。

形原旅館で視た、屋上から落下する女性。

バルコニーで男性を殴りつけた人物。

川から見つかった一年前の死体。

形原旅館に火をつけた五人の人物。

五年前、形原旅館に嫌がらせを行っていた連中。

守亜に旅館の解体を依頼している湯原という男。

まるで、こんがらがったネックレスチェーンのようだ。情報がぐちゃぐちゃに絡み合っていて、少しずつ解(ほぐ)さなければ更にこじれるような気がする。

浅間の話が蟻(あり)の一穴になることを願うばかりだが——。

「まや姉、また仕事のこと考えてるでしょ」

遊子に悪戯っぽい笑みを向けられ、麻耶はようやく自分がスプーンを持ち上げたまま硬直していたことに気付いた。カレーを口に運ぶ途中でフリーズするなどあまりに間抜けだ。食事中に寝る幼児めいている。

麻耶は軽く溜息をつき、スプーンを一旦皿に置いた。

「……私ってそんなに分かりやすい？」

遊子はピスタチオの殻を剝きながら笑った。

「まや姉、考え事すると石みたいに固まるんだもん。すぐ分かるよ」

「気をつけます」

「そうしてくださーい。……それはそれとして、今追ってる事件、そんなに難しいやつなの？　ちょっと顔が疲れてるように見える」

麻耶は少し思案してから、真顔で返答を繕った。

「河童に川の中へと連れ去られた男が、一年経って再び姿を現したっていう事件」

「なにそれ、オカルトじゃん。絶対嘘でしょ」

「嘘じゃないよ。本当でもないけど」

「わけ分かんないよ」

遊子は目一杯眉を顰めた。当然の反応だろう。河童云々の話をされて即座に「なるほど」と返答出来る人間は少ない。

義妹の渋い顔が何だか可笑しくて、麻耶は耐えきれずに鼻で笑ってしまった。

笑われたことに気付いたのか遊子は更に顔をしわくちゃにしてみせる。表情筋の可能性を感じさせる、凄まじい表情だ。

「酷い顔。それ絶対よそでやらない方がいいよ」

「やるわけないでしょ。まや姉専用だよ。ありがたく思って」

「びっくりするくらい嬉しくない」

「失礼な。可愛い妹のプリティーフェイスを独り占めしておいて。……いやまあ、そんな話はどうでもいいや。それで何だっけ。河童？」

麻耶は水を呷（あお）ってから、溜息交じりに頷いた。

「そういう伝説があるの。若い男が河童に川の中へと連れ去られるっていう話。男は一年後に父親の枕元に立ってこう言う。『今は河童の妻子と暮らしているから、心配しないで』って」

「河童と結婚しちゃったってこと？」

「そうなるかな」

「何だか、寓話（ぐうわ）みたいな話だね」

「……寓話？」

遊子は殻を剥いたピスタチオを口の中に放り、無表情に咀嚼した。硬いものの砕ける音が響いた。

「川底で妖怪と結婚するのって、いかにも溺死のメタファーって感じがしない？」

麻耶は口を半開きにしたまま、目を瞬いた。

溺死のメタファー。――その発想はなかった。

確かに〝人ならざるもの〟と結婚する話は、昔から死の臭いを孕む。神の結婚相手として若い女性を捧げる話は日本の各地に残っているし、邪悪な魔物を鎮めるべく少女を嫁に出す話も決して少なくない。それは大半の場合〝生贄〟という言葉で言い換えることができる。

つまり神や妖怪などといった存在との結婚は、人間社会からの逸脱――すなわち〝死〟を表している場合が多い。

「……言われてみれば、そうかもしれない。全く考えもしなかった」

「別に私も民俗学とか詳しいわけじゃないし、完全に素人意見だけどね」

遊子は少し照れくさそうに笑った。

「一昨日観た映画がちょうどそんな話だったから影響されたのかな。あれは河童の話じゃないんだけど」

「なんて映画？」

「タイトル忘れちゃった。内容はね、確か戦時中の外国……スペインだったかな、で生きる女の子が、不気味な妖精に試練を与えられて、酷い目に遭いつつ頑張って試練をこなすっていう話」

「その映画も寓話的なの？」

「解釈によって違うかもしれないけど、妖精とか化け物とかその他諸々は実在しないんじゃないかって説がある。説というか、作中でも結構そういう描かれ方をしてるかな」

「じゃあその妖精は一体なんなの」

「主人公が現実逃避のために生み出した妄想の産物」

麻耶は無意識のうちに短く息を吸い込んでいた。

——現実逃避のための妄想。

その言葉を脳内で復唱するたび、背筋に冷たいものが這(は)い上がる。

もしかすると、定山渓に伝わるかっぱ淵伝説も、ある意味現実逃避のための話なのかもしれない。

普通川で溺死すれば死体が浮上する。けれどかっぱ淵はその性質上死体が浮上しづらい。

つまり、たとえ何者かが川で溺死したとしても、行方不明と判断されることが多いわけだ。

人々は川で行方不明になった者達のことを〝河童と結婚して幸せになった〟として受け入れたのではないだろうか。

死体さえ浮上しなければその者の死は確定しない。死んだという事実を受け入れる必要もない。

かっぱ淵の伝説がある限り、永遠に河童と幸せに暮らしていられる。

「でも、もしかしたら本当にまや姉の言う肉食系河童女子がいるのかもしれないし、私の話は半分に聞いておいたほうが——って、聞いてる?」

呼びかけられ、麻耶はハッと我に返った。

遊子はビーズクッションに沈みながら子供のように頰を膨らませている。クッションから首だけ飛び出しているように見えて何だか不気味だ。

「またフリーズしてた」

「ごめん」

「私の前でやるのは別にいいけど、他の人の前でやっちゃダメだよ」

「善処します」

と言ったものの、正直あまり善処出来ていない。署でも度々フリーズして室戸に心配されている。

「まあ、偉そうにあれこれ言ったけど、ただの感想だからあんまり気にしないで――」

「遊子」

食い気味に名前を呼ばれ、遊子は野菜ジュースに手を伸ばしたまま硬直した。

「ありがとう。大分参考になった」

「え、うん。何の参考になったのかは全然分からないけど……どういたしまして」

遊子は困惑気味に野菜ジュースを手に取り、何度も目を瞬きながらそれを吸い上げた。

部屋には掃除機で布を吸い込んだ時のような、派手な音が響いていた。


午前六時半。外はまだ暗い。

麻耶は朝の支度を終え、ジャケットを羽織った。今日の気温は最高でマイナス三度だ。予報では大雪になるとのことだった。

遊子はまだ寝ている。一緒に暮らしていた頃は寝返り一つ打たないような寝相の良さだったのに、今では床に敷いた布団をぐちゃぐちゃにしてしまっている。

麻耶は家の鍵とスマホを手に取り、寝室の扉を閉めた。

さすがに十一月の雪で交通機関のダイヤが乱れることはないだろうが、念には念を入れた方が良い。早く出勤する分には問題ないのだから。

テーブルに「出るときはストーブ切って」と書き置きだけ残し、玄関へ向かう。いつも通りパンプスを履くか、ブーツを出すかで迷ったが、今日の午後浅間と会うことを思い出してパンプスを選んだ。人と会うときにブーツというのは少し締まらない。

刹那、仕事用のスマホが軽快な音を鳴らした。着信だ。

発信者は——白石。

「はい、吉灘です」

スピーカーの向こうからは何人かの人の声と、川のせせらぎが聞こえた。それと、カメラのシャッターの音が。

『今、どこですか』

「自宅です。ちょうど今出るところでしたが」

『地下鉄に乗るつもりだったと』

「ええ」

『では地下鉄には乗らず、車でまっすぐ米里(よねさと)まで来て下さい。詳しい住所はメールで送ります』

スピーカーから聞こえるシャッター音。——これは、鑑識のカメラの音だ。

「……何かあったんですか」

白石は一回り低い声で二の句を継いだ。

『浅間玲二の死体が発見されました』

## 3

十一月二十九日。午後七時半。

札幌東署の大会議室には三十人前後の捜査関係者が集まっていた。

入口には「豊平川河川敷殺人・死体遺棄事件捜査本部」と書かれた紙が貼(は)ってある。上座に座っているのは札幌東署長、捜査一課長、強行犯捜査一係長の犬島(いぬじま)だ。司会は管理官の伊万里(いまり)が務める。

麻耶、室戸、白石は会議室中央の後方に座っていた。捜査会議に参加しているというより見学しているかのような場所取りだ。実際麻耶達ハイソウは今回の捜査本部には加わらないため、見学というのもあながち間違いではない。前方に座っているのは捜査の中心となるだろう強行犯捜査一係——あの長岡大河がいる班である。

今朝、米里の豊平川河川敷で死体が発見された。

被害者は浅間玲二。直接的な死因は溺死(できし)だが、暴行を受けた痕(あと)があったとのこと。第一発見者は川の近くを散歩していた老人で、川に人が浮いているのを見てコンビニへ駆け込み、店員に通報してもらったらしい。

現場にいたということもあって麻耶達ハイソウは初動捜査の人員として数えられた。機捜と手分けして現場周辺に地取りをかけたが有力な手掛かりはなし。以降の捜査は東署刑事課と道警本部捜査第一課に引き継がれることとなった。

麻耶は今日一日中——いや、捜査会議に参加している今も、心ここにあらずといった状態だ。先ほどからうつろな目で机の上を見つめている。

——自身に対する怒りと非難が止まらない。

浅間が助けを求めていたことは知っていた。問題を抱えているだろうことも分かっていたし、地面師との関係も推測していた。けれど麻耶は自ら浅間に声をかけることはなく、浅間側からアプローチが来るのを待った。今日の午後二時、大通公園に現れるだろうと信じ切っていたのだ。

だから浅間は死んだ。

みすみす見殺しにしたのと同じだ。

犯人は浅間が何かを告発しようとしていることに気付いたのだろう。故に口封じとして殺した。バックにいる連中の正体が露呈してはまずいからだ。

——ふざけるな。ふざけるな。ふざけるな！

麻耶は無意識のうちに拳(こぶし)をテーブルへ叩(たた)き付けていた。派手な音が鳴り響き、皆が何事かと後方を振り返る。

傍(かたわ)らの室戸は「麻耶さん」とだけ言った。それ以上は何も言わなかった。

「……捜査会議を始める。起立、礼」

司会である伊万里の号令を合図に、全員が立ち上がって礼をする。麻耶は一拍遅れて立ち上がり、壊れかけのロボットのように頭を下げた。

「すでに知ってのこととは思うが、本日早朝に白石区米里の豊平川河川敷で遺体が発見された。まず検死結果について報告する」

伊万里は資料に視線を落とした。

「マル害は浅間玲二、二十六歳。身長は百七十五センチ。体重は六十八キロ。血液型はA型。直接的な死因は溺死。全身に打撲痕が見られるため、激しい暴行を加えられたあと川に落とされたか、誤って転落したものと考えられる。側頭部に外傷がみられ、河川敷の石畳からも血痕が発見されたことから、現場で暴行を受けた可能性が高い。この件は鑑識からも報告してもらう」

場が静まりかえっている。衣擦れの音すら聞こえない。

「マル害は先日火災があった形原旅館の所有者であり、現在土倉不動産に仲介を頼んで不動産を売却する予定だったそうだ。住まいは東京だが、不動産取引の間だけ札幌市内のウィークリーマンションに宿泊していた。宿泊者名簿に記載があることは確認済みだ。……東京の住まいに関しては、半年前から入居していたとのこと。近隣トラブルの報告はなし」

麻耶は何度か深呼吸を繰り返し、伊万里の話に集中した。

憤っていても仕方がない。浅間が殺された以上、事件を解決することに尽力しなければ。

「では次に鑑識から現場の状況について報告してもらう」

伊万里に呼びかけられ、前方に座っていた鑑識課員が立ち上がった。

「はい。現場からはマル害のものと思われる指紋は採取されましたが、マル被のものらしき指紋は採取されませんでした。下足痕(げそこん)は二つ。マル害のものと思われるスニーカーの下足痕が一つと、マル被のものと思われる革靴の下足痕が一つ。革靴の方はサイズ二十七センチ、男性のものです。ソールの模様から高級革靴であると思われます」

——河川敷に行くのに高級革靴？

浅間を川で殺害するつもりだったのなら高級革靴など履かないはずだ。靴が汚れるだろうし、ソールからブランドを特定されるリスクが高い。

もしや、犯人は突発的に浅間を殺してしまったのだろうか。制裁のために暴行を加えていたら誤って殺してしまった——あり得なくもない話だ。

「遺留品はマル害の持ち物だけです。財布、煙草(タバコ)、宿泊しているウィークリーマンションの鍵(かぎ)。携帯電話と身分証は発見できませんでした。現場周辺にはマル害のものである毛髪と血痕、体液があちこちに付着していたため、長い間マル被から暴行を受け、逃げ惑っていた可能性が高いと推測されます。マル害の身元確認は実母である浅間美代子(みよこ)と、土倉不動産の営業、古津武人(たけひと)にお願いしました。両者とも遺体は浅間玲二のもので間違いないと証言しています。……鑑識からは以上です」

「では次、東署刑事課」

鑑識と入れ替わりで、東署の刑事課員が立ち上がった。

「はい。現場周辺に聞き込みを行ったところ、午前一時前後に現場付近の駐車場で黒いセダンを目撃したという証言が得られました。近くにはサッカーコートやテニスコートがあり、昼間は駐車場に車が停(と)まっていることは珍しくないそうですが、夜は停まっていることが少ないとのことです。近隣住民からも、深夜にもの凄(すご)いスピードで走って行く車の音を聞いた、との証言が得られています。米里二条にあるコンビニの防犯カメラでも、午前一時前後に黒いセダンが走っていくのを確認済みです」

東署の刑事課員は一息ついてから二の句を継いだ。

「不動産売買の件については特にトラブル等はなかったようです。売却予定だった不動産が火災に見舞われ、取引に遅れが生じていたという問題はあったそうですが、そのことについては買主も了解していたとのことです。強いて言うなら、その……」

刑事課員が恐る恐る後方――麻耶達を振り返る。

「該当の不動産は〝マル廃案件〟だそうです」

少しだけ場がざわついた。

マル廃案件――その言葉の意味を正確に理解しているものは組織内においても少ない。そもそもハイソウがどういった部署なのか、ということを認知している人間が少ないのだ。

〝マル廃案件〟という言葉は、基本的に〝関(かか)わるとろくな目に遭わない〟という意味で認識されている。

「東署からは以上です」

その後、機捜の報告など、初動捜査に関する報告が続いた。概ねは現場周辺への聞き込みの結果だったが、どれも有力な手掛かりではなかった。

「では次、捜査第一課」

伊万里に呼びかけられ、前方に座っている長岡大河がすっと立ち上がる。

刑事らしくないツーブロックの髪型と、どことなく軟派な顔立ちが相変わらず憎らしい。

「はい。浅間玲二という人物について調べたところ、いくつか興味深い情報が得られました。まず浅間の家族構成ですが、父親は不明。母親は浅間が十八歳の時に蒸発し、現在は大阪で服役中とのことです。罪状は詐欺と覚醒剤取締法違反。シャブでの逮捕はこれで三度目のようですね。とにかくまあ男をとっかえひっかえする女で、浅間は十八歳の時まで母親が代わる代わる男を連れてくるのを見ていたようです」

麻耶は横目で室戸を見た。室戸はゆっくりと麻耶を振り向き、眉を顰める。「初耳ですね」と言いたいのだろう。

「実母の美代子が家を出てからというもの、浅間玲二は女性の家を転々として過ごしていたそうです。いわゆるヒモというやつでしょう。その後浅間玲二は二十四歳の時に結婚詐欺で起訴されますが、訴えを取り下げられています」

――待て、今何と言った。結婚詐欺？

どういうことだ。

雲行きが怪しくなってきた。

「原告は横浜に住む五十代の資産家女性で、浅間と交際し、結婚の約束をしていたそうです。女性は浅間に金銭や車、高級時計やスーツなどを貢ぎ、果てには不動産まで譲渡しました。しかしその直後浅間は女性に別れを告げ、当然婚約も破棄。女性は結婚詐欺で浅間を訴えたものの、突然理由も言わず訴えを取り下げています。元々無理筋の訴訟ではあったようですが、あまりに急な取り下げだったため、何者かに脅されたのではないかという噂も立っていたそうです」

長岡はわざとらしく呼吸を置いた。

「以上のことから、浅間玲二は元々女性関係でトラブルがあったのではないかと推測されます。また、結婚詐欺を行うにあたってケツ持ちのような連中がいた可能性も否めません。浅間がなぜ不動産を取得したのかという点も含め、周辺の人間関係を洗っていく必要性があると考えます」

長岡は「以上です」と口にし、席についた。司会の伊万里は頷いている。長岡の直属の上司である強行犯捜査一係長も満足そうだ。

浅間玲二という人間の経歴を考えれば、何か厄介なトラブルに巻き込まれたと考えるのはごく自然である。例えば浅間が反社会組織と繋がっていて、何らかの問題が発生して殺害された、など。

　このまま放っておいても捜査は問題なく進むだろう。少なくとも黒いセダンに乗った男の行方はすぐに摑めるはずだ。そこに麻耶の出る幕はない。ハイソウは今回の殺人事件には関与しないのだから。

　分かっている。分かってはいるのだが。

　体が「そうじゃない」と叫びたがっている。

「他、何か報告はあるか。なければ――」

　傍らで室戸が「えっ」と声を漏らす。

　麻耶はほとんど無意識に手を挙げていた。

「ハイソウか。この捜査本部には加わっていないはずだが……まあいい。言ってみろ」

　感じの悪い物言いだ。管理官の伊万里は昔から廃物件捜査班を毛嫌いしている。長岡と同じく、〝超能力〟による捜査を認めていないのだ。

　だが今はそんなことなどどうでもいい。

「はい。廃物件捜査班の吉灘です」

　狼狽える室戸をよそに、麻耶はすっと立ち上がった。白石の方を見ることは出来なかった。

「管理官の仰るとおり、私は今回の捜査本部には加わっていません。形原旅館近くで見つかった死体について捜査しています。……その捜査過程で得た情報について、報告したいことが」

「何だ」

「形原旅館所有者の浅間玲二ですが、一年前に一度行方を眩ましたという証言が得られています。浅間本人に聞いたところ、行方を眩ました理由については言いたくないとのことでした。それともう一つ。浅間は私に相談したいことがあったようです」

「相談したいこと？」

「今日の午後二時、大通公園で彼と会う約束をしていました。……何かを告白するより前に、彼はこの世からいなくなってしまいましたが」

場がざわついている。

前方では、長岡が身を捻って忌々しげに麻耶を睨んでいた。

「浅間は何を言おうとしていたんだ」

「分かりません。ただ、彼は助けて欲しいと言っていました」

「どういうことだ。何者かに狙われていたとでもいうのか」

麻耶は深く溜息をつき、肺の中の空気を全部吐き出した。

そして大きく息を吸い込み、言った。

「単刀直入に言います。私は、殺された浅間玲二が偽者ではないかと考えています」

しんとした。

直後、場には動揺と混乱が伝播していく。

「……根拠は」

「プ、プロファ、ファ、ファイリングの結果です」

伊万里はぐっと眉を顰める。「またか」と言わんばかりの表情だ。

プロファイリング。――この言葉は道警において〝企業秘密〟と同様の意味を持つ。要するに、推理の根拠は忌み目で視た記憶です、と暗に示しているのだ。超能力否定派の伊万里や長岡にとっては心底憎たらしい言葉に違いない。

「今回殺された被害者は、浅間玲二に成りすまして詐欺に加担していたのではないでしょうか。彼はそのことを告発しようとして、口封じに殺害された」

「待て。マル害が成りすましだと言うのなら、本物の浅間はどこにいったと考えている？」

「先日定山渓で発見された水死体。……あれが、本物の浅間玲二だと考えます」

椅子を引く音がした。立ち上がったのは長岡だ。

「吉灘主任。ご自分が捜査している件と今回の殺人事件、結びつけたい気持ちは分からないでもないですがね。それは少し妄想が過ぎるでしょう」

長岡は苛立たしげに振り向き、麻耶を睨んだ。

「仮に川で見つかった死体が本物の浅間だとして、殺人事件だと言いたいわけですか？地面師連中が浅間を殺し、成りすましを立てたと。しかも殺した一年後に。……おかしいでしょう。なぜ今更になって？」

「本物の浅間さんは、違う理由で殺されたのかもしれない」

「違う理由とは？」

「それは……捜査中です」

「どうぜ根拠はお得意のプロファイリングなんでしょう。そもそも川から見つかった水死体は事故の可能性が高いと聞いていますが？　何が見えるのかは知りませんが、余計な発言をして捜査を引っかき回すのはやめて頂きたい」

伊万里が何度も頷いている。麻耶が叩かれているのを見て満足している風だ。

浅間が殺された件と、川から見つかった死体の件が結びつかなくても構わない。だが浅間――いや、今回殺された彼が何者かに利用され、口封じに殺されたことはまず間違いないだろう。

そのことを明らかにしなければ、彼が浮かばれない。

「我々警察は事実から物事を判断し、捜査していくべきだ。吉灘主任が浅間と会う約束をしていたのは事実かもしれませんが、告発をするつもりだったかどうかは不明でしょう。そう思い込んでいただけという可能性だってある」

「浅間は明らかに何かを隠している様子でした。事情聴取の際も態度が不自然だった。彼は」

「だから、はっきりとした根拠を明示して下さいと言っているんです。主観の話をされても困る。お気持ちを表明することしか出来ないのなら、このような場で発言することは控えて――」

「では、長岡主任が言うとおりはっきりさせましょう」

口を開いたのは麻耶ではなく、傍らにいる白石だった。

水を打ったように場が静まりかえる。白石の声はいつだって空気を凍らせるだけの力を持っている。

「大阪に実母がいるというのなら、ＤＮＡ鑑定をすればいい。浅間美代子の髪の一本や二本、もらってくるのはそう難しいことではないはずです。今回発見された遺体と先日川で見つかった死体、その両方と血縁関係があるかどうかの鑑定をします」

長岡は途端に眉を顰めて白石を睨(ね)め付けた。

「大阪府警を巻き込んでわざわざＤＮＡ鑑定を行うのですか？　無駄な行為では」

「無駄かどうかは結果が出るまで分かりません。……長岡主任。あなたは主観で物事を判断するなと言いますが、あなたも一つの考えに囚(とら)われすぎる傾向にあるようですね。可能性があるのならば全(すべ)て検討し、その上で捜査を進めていくのが肝要です。我々は事実から物事を判断し、真実を明らかにしていくのですから」

「それは……そうですが」

「いかがでしょう、捜査一課長。ＤＮＡ鑑定……許可して頂けますか」

誰(だれ)も口を開こうとしなかった。伊万里も威圧感に呑(の)まれ、口を閉ざしている。

そんな中、捜査一課長は「面白い」と言わんばかりに顎(あご)を撫(な)でた。

「分かった、ＤＮＡ鑑定を行おう。……君がそこまで言うということは、よほど自信があるのだろう？」

「部下のプロファイリングは極めて正確です」

麻耶は半開きの口から「な」と声を漏らした。だが白石に一睨され、それ以上言葉を口にすることは叶わなかった。

仕方なく席に腰を落とす。麻耶を見ていた捜査員達は、興味を失ったかのように前方へと視線を戻した。

「ハイソウからの報告は以上か。……では、今後の捜査方針について通達する」

伊万里の声には若干の動揺が滲んでいた。

麻耶は親に叱られた子供のような顔で傍らの白石を窺い見る。だが白石は背筋を伸ばし、真っ直ぐ前を見るばかりで、麻耶に一瞥をくれることはなかった。

□

十一月三十日。正午過ぎ。

麻耶と室戸は定山渓温泉街にある蕎麦屋で昼食をとっていた。麻耶は月見蕎麦、室戸はざる蕎麦と天ぷらのセットだ。

毎日定山渓で聞き込みをしているが、有力な情報は中々手に入らない。南署の刑事課も事故として処理することを検討し始めているそうだ。死体の身元も特定出来ず、手掛かりも得られないとなれば、匙を投げるのは仕方のないことだろう。連日定山渓の人々に話を聞いたところで一年前のことなど誰も覚えてはいない。先日聞いた嫌がらせの件もそれ以上の進展はなかった。

だがもし死体の身元が明らかになれば、話は変わってくる。

昨日の捜査会議で白石が口にした言葉――あれは麻耶にとってあまりにも意外なものだった。

白石はいつだって根拠がないことを嫌う。浅間が偽者かもしれないという説はあくまで麻耶の勘であり、忌み目で視た記憶以外に根拠たり得るものはない。

だというのに白石は麻耶の意見を推した。

純粋に嬉しい。同時に重圧も感じる。

もし推測が間違っていたら――そのことを考えるたび、胃がぎゅうぎゅうと軋む。

「あれ、全然食べてないじゃないですか。いつも大盛り蕎麦をペロッと食べちゃうのに。天ぷらいります？」

「いらない」

麻耶はすすめられた天ぷらを断り、誤魔化すように麺を啜った。

以前も来たことがあるため、ここの蕎麦が美味しいことは分かっている。だというのに頭の中が思考でいっぱいになっていて味が脳に届かない。

――こうやってあれこれ考えすぎるのは悪い癖だ。

「一係は今日も〝女性関係〟の方を追ってるんですかね。大変だなあ」

室戸は積み上がった天ぷらを崩しつつ、独り言のようにぼやいた。その声には少しだけ嫌味っぽさが含まれているような気がした。

「鑑定結果が出るまでは、そっち方面で捜査を進めて行くみたいだからね」

「絶対ムキになってますよね。ハイソウの意見は容れない、俺たちだけで解決してみせる……って感じで。しかも捜査会議であんな人をコケにするような物言いして。感じ悪いですよ」

「いつものことでしょ。あなたが言うように、あの人達はハイソウが気に入らないの。胡散臭い霊能力者の集団だから」

「俺、違いますよ。パンピーです」

「私だって霊能力者じゃない」

麻耶はふつふつと湧いてきた怒りを抑え込むかのように、一気に麺を啜った。室戸と話をしているとなぜだか食欲が湧く。目の前で美味しそうに食事をされるからだろうか。

「にしても、班長格好よかったですね。口を開いた途端シーンってなって。長岡主任もたじたじだったじゃないですか」

一瞬、麻耶の咀嚼が止まった。

室戸は何かを敏感に感じ取ったのか、ゆっくり首を傾げた。

「もしかして、さっきから元気ないのってそれですか？」

——どうして室戸は変な所で鋭いのか。

「大丈夫ですって。鑑定結果出るのいつでしたっけ、明日の夜？　首洗って待ってろ、くらいの気持ちでいいんですよ。ミヤさんも今朝そんなこと言ってたじゃないですか」

「室戸とミヤさんは楽天的すぎるんだよ」

「ハイソウは女性陣がおっかないので、男がこう……ムードをメイクしないと」

――なんだ、ムードをメイクって。

「とにかく、大丈夫ですよ。班長は麻耶さんを信用してるからこそＤＮＡ鑑定を推したんでしょう。じゃなきゃ捜査本部で、一課長相手にあんなこと言いませんって」

「……班長のこと、よく分からなくなってきた」

麻耶はふて腐れた面持ちで蕎麦に載っている黄身を崩した。透き通った茶色のつゆに黄色が滲んでいく。

「あの人、規則の鬼でしょ。ルールが絶対。組織が絶対。勝手な行動は慎め。とにかく集団の中の歯車で在り続けろ……普段そう言ってるくせに、まさか捜査本部であんな綱渡りをするなんて。正直もっとこう……事なかれ主義だと思ってた」

「めちゃんこ悪口じゃないですか」

「悪口じゃないです。性格分析」

「ものは言い様だなあ」

室戸は箸で持ち上げた蕎麦をつゆの中に戻し、悩ましげに唇を尖らせた。

「これは俺の勝手な推測なんですけど……班長って多分、麻耶さんのその目が嫌いなんだと思うんですよね」

「それは、そうでしょ。いかにも嫌いそうな感じ」

「ああいや、そういうことじゃなく……」

刹那、麻耶のスマホが着信音を鳴らした。

発信元は――札幌南署。

麻耶は室戸に手のひらを向けて断りをいれ、電話に出た。スピーカーから聞こえてきたのは聞き覚えのある男性の声だった。

『南署刑事課の笠置です。突然お電話してすみません。今、よろしいですか』

笠置。――先日形原旅館を視に行ったとき現場にいた刑事だ。

「大丈夫ですよ。どうかしましたか」

『実はですね、先ほど形原旅館に放火した犯人が自首してきたのですが』

麻耶は思わず箸をどんぶりの上に置いた。

――放火犯が自首？　このタイミングで。

「放火犯がどうかしたんですか」

『ちょっと困ったことになっていまして。ハイソウが放火の件から離れたことは重々承知しているのですが、お力をお借りできないかと』

「構いませんよ。南署へ直接向かえばいいですか？」

『そうして頂けると助かります』

「ちなみに、困ったことというのは」

笠置は深く溜息をついた。

『自首してきたのは三人なのですが、全員錯乱状態といっても過言ではなくて……。あの建物は呪われているだとか、俺たちは全員死ぬだとか、そんなことばかり言っていて取り調べにならないんです。話の内容的に、もしやマル廃案件ではと』

背筋を冷たいものが通り過ぎていった。

放火犯達の言動は明らかに〝彼岸に触れた者〟のそれだ。

「……すぐに向かいます。少しだけ待っていてください」

麻耶は真っ直ぐ室戸に視線を置いた。

室戸も何かを感じ取ったのか強ばった表情で頷き、蕎麦を搔っ込み始めた。

南署は騒然としていた。

留置施設からは時折獣じみた叫声が聞こえる。出頭してきた三人の内、特に錯乱している二人が入れられているのだそうだ。先ほどまで突然暴れたかと思えば、蹲って震え出したりと、手におえる状態ではないらしい。

数日ぶりに会った笠置は、ずいぶんやつれているように見えた。

「来て下さってありがとうございます。本当に助かります。もうどう対応したらいいか分からず」

笠置は深く溜息をついた。

三人がいるのは南署の小会議室だ。留置施設からは離れているし、扉も閉め切っているはずなのだが、「助けてくれ」という叫声がはっきりと聞こえてくる。まるでこの世の終わりめいた雰囲気だ。

「出頭してきたのは奥田雅文、川端純一郎、塩内輝男の三人です。奥田は南区にある〝奥田解体工業〟の社長で、川端はその社員。塩内は二人の友人だそうです。三人は元々暴走族で、奥田は族を抜けてから仲間達と一緒に解体業者を始めたようですね。過去に恐喝容疑で起訴されたこともあるので、まあ、何と言いますか」

「いわゆるチンピラの集まりってやつですか？」

室戸の歯に衣着せぬ物言いに、笠置は苦笑してみせた。

「そういうことになりますかね。元暴走族や元マル暴が解体業者に転身するというのは良く聞く話です。……問題は、放火した理由です」

麻耶と室戸は顔を見合わせた。ここからが本題だろう。

「出頭してきたのは三人ですが、犯行時は五人いたようです。その内の二人は自殺未遂を起こして現在入院中。奥田らが言うには『やるしかなかった』と」

「つまり、悪戯目的の犯行ではない？」

麻耶の問いに、笠置はゆっくりと頷いた。

「やむにやまれずの犯行だったようですが、その理由を語ろうとはしません。とにかく保護を求めていて、形原旅館について聞こうとすると暴れるか怯えるかのどちらかです。自分たちもいずれ自殺未遂を起こしてしまう……そう考えているようでして」

「なるほど。それは間違いなくマル廃案件です」

「やはりそうですか。精神科医に診せるという話も出ていたのですが、お呼びしてよかった」

「もしよければ、私に取り調べをさせてもらえないでしょうか。記録係は室戸で。取調室には私たち以外誰も入れないでもらいたいのですが」

「けれど、奥田が暴れ出した場合は……」

「大丈夫です。室戸はこう見えて柔道の全国大会経験者なので」

笠置は納得がいっていない様子だったが、仕方無しと言わんばかりに首を縦に振った。

「分かりました。では何かあったらすぐに呼んで下さい」

笠置が立ち上がったのにあわせ、麻耶と室戸も椅子を引いて立ち上がる。部屋の外では、留置施設に入っている被疑者二人のぞっとするような叫声が響き渡っていた。


午後一時半。

麻耶は取調室の冷たいテーブルを挟んで奥田雅文と対峙している。

奥田は想像していたよりずっと若かった。

歳の頃は二十代半ばといったところだろう。髪を金に染め、髭を生やした、チンピラ風の男だ。肌は日に焼けているが血色が頗る悪い。不安と恐怖のせいで土気色に染まっている。

奥田達が形原旅館で何を体験して、何を恐れているのかは分かっていた。入院しているらしい二人が自殺未遂に至った理由も分かる。形原旅館に火をつけたのであれば当然の結果だ。

奥田達はムスビを破壊しようとして彼岸を覗いてしまった。

「恐ろしい体験をしたようですね」

室戸はすぐに奥田を取り押さえられるよう、少し椅子を引いた。

ガタンと机が音を立てる。奥田が体を跳ねさせたのだろう。

「あんた、分かるのか。もしかしてあんたも俺たちを殺そうとしてるのか」

「いえ。私はあなたを殺すつもりなどありません」

「どいつもこいつも同類だ。俺たちを連れて行こうとしているんだ、そうだろ」

「私はあちら側の存在ではありません。あなたを連れて行こうともしていない」

「連れて行こうとしていない？　嘘をつくなよ。あんたの目、あの建物の雰囲気とそっくりだ。祟り……そうだよ、祟りだ。俺たちが火をつけたから」

奥田の目がどんどん血走っていく。

「話を聞いて下さい。私はあなた方の味方です」

「嘘だ。味方のはずない。そうだ、あんたが……あんたこそが祟りなんだ。俺たちを連れて行くためにここに来たんだろ。いやだ、死にたくない。死んでたまるか」

奥田は勢いよく立ち上がり、後ろ足で椅子を蹴った。すかさず室戸が奥田を羽交い締めにしてその動きを封じる。

　首を目一杯に振って暴れる奥田の姿は手負いの獣じみていた。

「放せ、お前達全員化け物だ。イカれてるんだ。誰か助けてくれ。殺される。こいつに殺される」

「落ち着いて下さい。席について」

「あっちに行きたくない。俺は死にたくない。誰かいないのかよ。お巡りさん、助けてくれよ。ここは警察署じゃねえのかよ」

「奥田さん」

「ちくしょう、ぶっ殺してやる。ふざけるな。お前なんか俺が殺して――」

　麻耶は奥田の胸ぐらを摑んで引き寄せ、目一杯に顔を近づけた。

「黙れって言ってるの」

　途端に場が静まりかえる。

「私はあなた達の身に何が起こったのか知っている。どうすればいいのかも分かってる。それでも話を聞くつもりがないというのなら、お望み通り呪いでも祟りでも好きな方に食われて野垂れ死ねばいい」

　返答はない。浅い呼吸音だけが場に響いている。

「どうするの。……話を聞くの、聞かないの」

　奥田はしばらく目を瞬(しばた)いていたが、ようやく話を聞く気になったのか全身から力を抜いた。すかさず室戸が倒れた椅子を直し、奥田を座らせる。がっくりと項垂(うなだ)れるその様は糸の切れた操り人形のようだった。

「少しは落ち着きましたか。話をしても?」

返答はない。代わりに一度の首肯が返ってきた。

「ありがとうございます。……では、まず先に確認させて欲しいのですが、あなた方は形原旅館に火をつけた。それは間違いありませんね」

奥田は再度頷く。その唇は震えている。

「実行メンバーは全部で五人。揮発性(きはっせい)の液体をまき、マッチか何かで火をつけた。その後あなたたちはすぐに現場から立ち去った」

再び、頷く。

「けれど形原旅館は壊れなかった。それどころかあなた方五人は正体不明の発作や不安感に襲われるようになった。その後とうとう自殺未遂を起こす者が現れ、怖くなって警察に助けを求めた……そんなところですか」

奥田は水仙のように首を折り、そのまま体ごと動かして肯定を返した。

「なるほど、よく分かりました」

麻耶はテーブルの上で手を組み、軽く溜息をつく。

「こう言うと笑われるかもしれませんが……私は廃墟(はいきょ)に詳しい刑事です。あなたが体験したものの正体も知っている。けれどそれを説明するためには、少し非科学的な話をしなければなりません」

「つまり、祟りだろ……あの建物は呪われてるんだ」

「祟りではありません。まあ、その方が理解しやすいというのなら、それでも構いませんが」

無意識のうちに守亜のような言い回しをしてしまった。

守亜もよく「廃墟の解体と幽霊退治は何が違うのか」と問われることがあるそうだ。最初は根気よく説明するのだが、最終的には「幽霊退治と思ってもらっても構いません」と言って終わらせる。その方が圧倒的に楽だからだ。大抵の人間は「建物には幽霊が取り憑(つ)いている」という説明で納得する。

そもそも幽霊がいないというのも真実かどうかは分からない。あくまで〝悔退師(かいたいし)〟はそう考えているというだけの話だ。

詰まるところ、あちら側も、霊界も、天国も、地獄も、彼岸も、棄界(きかい)も、解釈の違いでしかない。

「形原旅館は、とある理由で死にきれないままこの世に存在し続けている……つまり建物の死体なんです。本当は崩れ落ちるはずの廃屋なのに、こちらの世界に楔(くさび)が刺さっていて崩れることができない。――あの世と繋がったまま、この世に在る」

奥田は眉を顰めた。訝(いぶか)っているような、あるいは苛立っているような、複雑な表情だ。

「あんた、何言ってるんだよ。意味が分からない」

「理解しきれなくても構いません。私も全てを理解しているわけではないので。……まあ、分かりやすく言えば、あなた方はあの世を覗いてしまった」

「あの世って」

「死んだものが行き着く世界です」

ひゅっと息を吸う音が聞こえた。

テーブルに置かれた奥田の手が小刻みに震えているのが分かる。

「要するに俺たちはあの世の霊？　に取り憑かれて、呪われてるってことなのか。だからヒデとアッシは自殺なんかしようとして」

「いいえ、違います。——あなた方があの世に魅入ってい（みい）るんです」

奥田の口から「な」と声が漏れた。

だがそれ以上言葉を口にすることはなかった。

「難しい話は割愛します。とにかく、あなた方は無意識のうちにあちら側へ至ろうとしている。それは祟りでも呪いでも幽霊のせいでもなく、あなた方自身の問題です」

「俺たちのせい……って言われたって、どうすればいいんだよ」

「自己を再認識することに努めて下さい。過去の楽しかった記憶、忘れられない記憶を思い返して。思い出の品があるのなら手元に置いて。仲間と昔話をすることも有効です。名前を呼んだり、呼ばれたりするのも効果がある」

「適当言うなよ。そんなので治るはずねえだろ。だって、これは呪いなんだ。俺たちは」

「治りますよ。少なくとも、強烈な希死念慮からは逃れられる」

麻耶はテーブルに身を乗り出し、奥田の目を見つめた。

「……でなければ、私は今ここにいません」

沈黙の時間が流れた。奥田はしばらくして何かを諦めたのか、あるいは受け入れたのか、溜息と同時にがっくりと肩を落とした。

「ヒデとアツシも、それでよくなるのか」

「入院している二人のことですか。よくなると思います。完全に回復するかどうかは本人の心持ち次第ですが」

「……そうか。分かった。治るならいいんだ」

静寂が場を包む。

奥田は少しずつ頭を垂れ、そのままテーブルにゴンと額をぶつけた。

「あんた、何者なんだ。なんでそんなこと知ってる」

「先ほども言いましたが、私は廃墟に詳しいんです。廃墟のプロといってもいい。まだ半人前ですが」

「廃墟のプロってなんだよ、聞いたことねえよ」

「普通に生活していれば知ることはないでしょうね。あなた方は今回その普通から逸脱した。……形原旅館という廃墟に火をつけ、破壊を試みたせいで」

返事はない。奥田は微動だにせずテーブルに突っ伏している。

「教えてはもらえませんか。どうして、火をつけたのか」

奥田はしばらく黙っていたが、突然ゆっくりと顔だけを動かし、テーブルに顎を乗せた状態で麻耶を見た。

「警察は、俺たちを保護してくれるか」

「先ほども言いましたが、あなた方を苛んでいるのは外的なものではなくて……」

「そうじゃない、そうじゃねぇんだ。……つまり、だよ。俺たちが誰かから狙われるようなことになったら、守ってくれるのか」

「あなた方を狙うような輩がいるんですか」

「もしいたら、の話だ」

「何者かに危害を加えられる可能性があるなら、当然警察があなた方を保護します」

奥田の口から深い溜息が漏れる。だがそれは諦めや呆れというより、覚悟を孕んでいるような気がした。

「……話すよ。あんたは分かってくれそうだ」

奥田は徐に体を起こし、麻耶に視線をおいた。

「初めはただの依頼だった。廃屋を解体してくれっていう依頼だ。報酬は相場の三倍。受けるに決まってる。俺たちはすぐさま現場に行って、工事を始めた。周りに何の建物もない古びた旅館だ。すぐ終わると思った」

「けど、終わるどころか工事は失敗した。違いますか」

「あんたの言うとおりだ。ショベルカーが一台故障し、作業員一人が体調不良を訴えて、その日の工事は中止になった。何日か後、もう一度工事を始めた。でもだめだった。また重機がイカれて、今度は五人が体調不良を訴えた。明らかに様子がおかしい奴もいた」

ムスビ物件を破壊しようとしたのだ、トラブルに見舞われるのは当然のことだろう。むしろそれだけで済んだのは幸運だったとも言える。

「さすがにおかしいって気付いた。俺たちは依頼主に『手に負えない物件かもしれない』って報告した。でも依頼主は引かなかった。それどころか、俺たちを脅してきた」

「脅す？」

「突然、明らかに堅気じゃ無い奴が事務所にきて散々俺たちを怒鳴りつけた。工事しなかったら、どうなるか分かってるんだろうなって。俺たちだって昔はヤンチャしてたしよ、言い返したさ。でもあの野郎正気とは思えなかった。突然ウチの若いのを蹴りつけて、失敗したら殺してやるって」

「どうしてすぐ警察に相談しなかったんですか」

「俺たちもお綺麗な会社ってわけじゃない。言わなくても分かるだろ。だから今回の依頼だって回ってきたんだろうさ」

産業廃棄物の不法投棄か、あるいは廃棄物の横流しか――とにかく、後ろめたいことがあったのだろう。確かにそれでは警察の世話にはなれない。

「俺たちはどうしようもなくなって廃墟を爆破しようと考えた。でもだめだった。ほとんどの爆弾は不発だった。爆発したとしても建物はビクともしなかった。壊れないんだ。だからもう無理だって言った。従業員の半分近くが体調不良を訴えて、もう会社はおかしくなってた。なのに」

「依頼主はやれと言ったんですね」

奥田は渋面を浮かべ、頷いた。

「あのイカれた男はまた事務所にやって来て、散々暴れた後、従業員何人かの家族の名前を読み上げ始めた。次失敗したら家族をやる。居場所は割れてるって」

「それで、あなた方は」

「もう引くに引けなかった。あの建物を壊すしかなかった。だから——」

火をつけた、か。

奥田解体工業が違法行為に手を染めていたことを加味しても、放火に至ったまでの経緯は同情の余地がある。

「事情は把握しました。どんな理由であれ、放火は放火です。被害者がいなかったのは幸いですが、罪は償わなければならない」

「分かってる。もうあの建物に関わるのはうんざりだ。解体しろって脅されるより、牢屋（ろうや）にブチ込まれた方がずっといい」

「奥田さん。あなた方を脅したその人物なのですが……何者なのですか。依頼人と何か関係が？」

「分からない。ただ、無関係ってことはないと思う。解体しろって迫ってくるんだから」

「先ほど堅気ではない奴と仰っていましたが、つまり相手は暴力団関係者なのですか？」

「はっきりとは言えないが……イカれたチンピラって雰囲気だ。目つきが普通じゃなかった。ヤクやってるのかもしれない。名前は確か——東山」

東山。どこかで耳にした覚えがある。

あれは確か数日前、廃墟——いや、守亜の事務所だ。ねっとりとした男の声が蘇ってくる。

——俺だって東山君だって、なーんも悪い事してない。

「どうかしたのかよ」

奥田に呼びかけられ、麻耶はハッと我に返った。

そうだ、湯原。守亜に形原旅館の解体を依頼しているあの男。

「何でもありません。気にしないで下さい」

ドッドッと心臓が高鳴っている。

もしかするとこれは、埋まっていないピースのひと欠片なのでは。

「奥田さん。大事なことを聞いても良いですか。もの凄く大事なことです」

「何だよ」

質問を口にする前に一呼吸置いた。

「……あなた方に解体工事を依頼したのは、誰だったんですか」

奥田は椅子の背もたれに身を預け、深く息を吐いた。

「不動産会社だよ。土倉不動産。営業の古津って野郎だ」

□

午後八時半。

麻耶はダウンジャケットを着込み、閑静な住宅街の一角で電柱に身を潜めていた。視線の先にあるのは古びた建物――土倉不動産の事務所が入っている雑居ビルだ。

ふいに、ビルの玄関から人が出てきた。

現れたのは肥満体の中年男性だ。キョロキョロと周囲を見回し、コートの襟を引き寄せて口元を隠している。

麻耶は中年男――古津の前に立ちはだかった。

「誰だよ、邪魔だな全く……」

古津はぶつくさと文句を言いながら麻耶の横を通り過ぎようとする。だが目の前にいるのが誰なのか気付いたようで、顔を青くして突然駆けだした。

勿論(もちろん)取り逃がすようなヘマはしない。

麻耶は古津の太い腕を掴み、自身の方へと引き寄せた。古津は情けない声をあげて地面に尻餅(しりもち)をついた。

「警察から逃げるなんて、やましいことがありますと言っているようなものですよ。それとも、お急ぎの用事でも？」

麻耶は身を屈めて古津の顔を覗き込み、目を細める。口元は申し訳程度の笑みを湛えているが目は一切笑っていない。

古津は麻耶の顔を見上げ、喉を上下させた。

「あなたは……以前お会いした刑事さんじゃないですか。びっくりさせないでくださいよ。いきなり電柱から飛び出してきたら、そりゃあ不審者だと思うでしょう」

——白々しい。しっかり顔を見てから逃げ出したくせに。

「それは失礼しました。……少しお話を伺いたいのですが」

手を差し伸べ、その巨体を引き起こす。古津の手はじっとりと汗ばんでいた。

「こんなところで事情聴取ですか？　勘弁してくださいよ。昨日も今日も警察の方に話を聞かれているんです。皆、私が浅間さんを殺したと思ってる」

「浅間さんが死んだ理由については、心当たりがないんですね？」

「それも、何度も説明しましたよ。どうして警察は情報共有をしないんだ。ついさっき事情聴取から帰ってきたばかりなんですよ。三時間も話を聞かれました。本当にいい加減にしてください。人権侵害だ」

古津が先ほどまで事情聴取を受けていたことは事実だ。南署の火災捜査班が奥田解体工業や東山との関係について話を聞いたらしい。だが古津は一貫して関与を否定し、浅間の死に関しても何も知らないと証言した。

放火や浅間、東山との関係について聞くだけならわざわざこんな所で古津を捕まえたりなどしない。調書を読めば事足りる。

知りたいのはその裏側にいる人間のことだ。

「では単刀直入に伺いましょう。寒いですしね」

麻耶は一呼吸置いてから、二の句を継いだ。

「……湯原、という人物に心当たりはありませんか」

沈黙。

古津は無表情を保ったまま押し黙っている。だが喉が大きく上下したのを麻耶は見逃していなかった。

「無言ということは、心当たりがあると受け取って構いませんね？」

「知り、ませんよ」

その声は先ほどと打って変わってたどたどしい。

「そんな男知りません」

「男、ですか。私は湯原が男性だとは一言も言っていませんが」

守亜に形原旅館の〝解体〟を依頼している謎の人物、湯原。彼の口から〝東山〟の名前が出ていた以上、関係があることはまず間違いない。その東山と古津が繋がっているのであれば、古津と湯原が繋がっている可能性も高いはずだ。

地面師詐欺は集団で行うもの。――大宮はそう言っていた。

「しり、ません」

古津は途端に顔を青くし、目を泳がせた。

「そんな名前聞いたこともない」

「本当ですか？　先ほどから汗がひどいようですが」

「あなたには関係ないでしょう。本当に知らない。無関係です。これ以上妙なことに私を巻き込むのはやめてください」

古津は一歩後退した。とにかくこの場から立ち去りたいという強い意志を感じた。

「そもそも、その湯原という人と知り合いだからって何だと言うんですか。私はね、迷惑しているんですよ。形原旅館は突然火災に見舞われる。川から死体が見つかる。挙げ句に売主が死亡……呪われていますよ。酷い話だ」

「その通り。形原旅館は呪われています。あの建物を食い物にしようとした連中も、同様に呪われているでしょうね」

「えっ」

「冗談ですよ」

古津は目を見開いたまま硬直していた。

「実は私、浅間さんと会う約束をしていたんです。浅間さんは私に何か話したいことがあったようです。随分深刻な様子でした」

古津はもう一歩後ろに下がった。その顔には申し訳程度の笑みが浮かんでいるが、動揺と焦燥を隠す為の仮面だということは火を見るより明らかだ。

「そうですか。何かお困りのことがあったのでしょうね」

「話は変わりますが、一昨日このビルにスーツを着た男性が入っていきました。お知り合いでは？」

「知りませんよ。このビルにいくつ会社が入っていると思っているんですか」

「浅間さんは、その男性を見て酷く怯えている様子でした」

「私には関係ない」

「浅間さんは」

「いい加減にしてくれ。私は」

「……本当に浅間玲二さんだったのですか？」

古津の口からひゅ、と空気の漏れるような音がした。

強い風が吹く。辺りの木々がざわめき、まるでひそひそ声のような音を立てている。

「これはあくまで私の推測ですが……浅間さんは、自分が関わっている件について告発するつもりだったのではないでしょうか。そのせいで何者かに口封じとして殺害された」

「でたらめだ。なんの根拠もない」

「その計画に湯原という人物が関わっている。私はそう考えています」

古津は二歩下がり、わなわなと口を震わせた。

「もう一度伺います。湯原という人物に、心当たりは？」

刹那、古津は踵を返して駆けだした。

肥え太った体に似合わぬ足の速さだ。派手な足音を響かせ、夜の住宅街を走り抜けていく。

だが——。

「こんばんは、古津さん。そんなに急いでどこに行くん、です、かッ」

塀の陰から現れた室戸によって、古津の巨体は呆気なく路地に引き倒された。放せと喚きながら暴れているが、室戸に押さえつけられ微動だにしていない。

麻耶は古津の正面に立ち、体を屈めて覗き込む。

「署で詳しくお話を聞かせて頂きます。よろしいですね？」

見上げる古津の顔には絶望がべったりと張りついていた。

□

午後十一時半。

麻耶は自宅でテレビを垂れ流しにしながら遅めの夕食をとっていた。遊子が作り置きしたカレーにパン粉とチーズを載せ、オーブンで焼いたものだ。野菜が足りていないので、コンビニで買ったグリーンスムージーもつけた。

古津は現在東署で取り調べを受けている。放火についてではなく浅間殺しについての取り調べであるため、捜査本部が置かれている東署へと連行された。

署に着くなり長岡が鼻息を荒くして古津を連れていった。今頃はコンプライアンス度外視の取り調べを受けていることだろう。取り調べは原則午前五時から午後十時の間で行うと決まっているのだが、長岡がそんな規則を遵守するとは思えない。

仮に浅間が偽者で、地面師グループが口封じの為に殺したのだとする。東山も古津もグルで、そのバックに湯原という男がいる。放火事件も地面師グループが間接的に起こしたものであり、定山渓で見つかった死体も——。

「……いや」

麻耶は深く溜息をつき、プライベート用のスマホをテーブルに置いた。

画面に表示されているのは守亜の連絡先だ。電話をかけようか迷ってかれこれ三十分が経過している。

警察はまだ湯原という人物について情報を持っていない。何者なのかも知らない。近いうちに古津が吐くだろうが、今はまだ口を閉ざしている。

現状、湯原と接触するとなると守亜を頼るしかない。

だが守亜は決して首を縦に振らないだろう。警察の問題に守亜を巻き込みたくないという思いもある。悔退師とは基本的にアンダーグラウンドな存在だ。警察官が介入しては、信用問題に発展する可能性が高い。

——焦るな。大丈夫、捜査は順調に進んでる。

麻耶はスマホをスリープモードにした。

明日、ＤＮＡ鑑定の結果が出る。

定山渓で見つかった死体の身元さえ分かれば捜査はかなり進展するはずだ。身元が判明しているかどうかで、アプローチの仕方も大幅に変わってくる。

全貌はぼんやりと見えてきた。

あとは、いくつかのピースさえ埋まれば――。

「うわっ」

刹那、仕事用のスマホが鳴った。

発信者は――不明。電話番号だけが表示されている。

「……はい。吉灘です」

一拍置いて、麻耶の耳朶には不安げな女性の声が届いた。

『夜分遅くにすみません。形原です』

麻耶は目を瞬いた。まさか美園から電話がかかってくるとは。

「何かありましたか？」

『はい。あの……お忙しいことは十分承知しているのですが、明日の午後少しお時間を頂けないでしょうか。お話ししたいことがあるものですから』

「構いませんよ。よければ真駒内まで伺いますが」

『そうしてもらえると助かります。仕事が四時に終わるので、四時過ぎくらいに真駒内駅で待ち合わせというのはいかがでしょうか』

「分かりました。四時に真駒内駅で。……ちなみに、話というのはどのような？」

『浅間さんのことについてです』

美園の声は低かった。

浅間が死亡したという情報はまだ公になっていない。報道されているのは〝米里で死体が発見された〟という事実のみだ。DNA鑑定の結果が出るまで身元を公表しない方針なのだろう。

つまり、美園はまだ〝浅間〟の死を知らない。

――話とは一体なんだ。

『詳しいことは明日会ってお伝えします。電話だと上手く伝えられるか分からないので』

「分かりました。では明日、よろしくお願いします」

『こちらこそ、よろしくお願いします』

通話はそこで切れた。

スマホをテーブルに置き、背もたれに体重を預ける。

浅間玲二。

一連の出来事の中で浅間という存在だけが浮いている。絵柄は合っているのに、四方の凹凸が合っていないパズルピースのような、何とも言えない違和感がある。

捜査会議で長岡が報告していた結婚詐欺の話も不可解だ。

もし浅間が一年前に殺害されたのだとすれば、結婚詐欺は〝本物の〟浅間が行ったということになる。その数年後に形原旅館を譲り受け、行方不明になった。

「ああもう。全然意味が分からない」

考えれば考えるほどドツボに嵌(は)まっていく。

事件自体は進展しているのに、浅間を連れ去った河童の正体がまるで見えてこない。

麻耶はテーブルに両肘(りょうひじ)をつき、手で顔を覆った。

閉ざされた視界の中、先日視た形原旅館の記憶を思い浮かべる。今まで幾度となく反芻(はんすう)した記憶だ。廃墟の冷え切った空気も、置物の冷たい感触も、胸を焦がす感情も、全て鮮明に思い出すことができる。

客室棟の廊下を突き進み、バルコニーへと向かう。右方には客室の扉が並んでいる。バルコニーの人物が振り返った瞬間、手にしていたものを振り下ろす。鈍い音。床に転がっていく金属物。落ちていく何者か。

――もう一度。

廊下を歩く。右手にあるのは陶器の置物だ。ごつごつとしている。バルコニーに近づくたび呼吸が速くなる。頭に血が上る。目を見開く。何者かが振り返る。置物を叩き付ける。小さな光が視界の端を掠(かす)めていく。

――もう一度。

バルコニーへ突き進む。置物を持つ手に力が入る。怒りと憎悪に支配され、他のことを考えられない。何者かを殴りつける。何者かが川へ落ちていく。

——もう一度。

バルコニーへ行く。心臓を掻きむしりたいほどの強い感情が胸をひりつかせている。手にしているものを振り上げる。それを——。

ふと、頭上を見た。

振り上げたのは陶器の置物ではない。赤ん坊だ。

腕を下ろして赤ん坊を見る。

お菓子のような短い指に、桃のような肌。頭に生えている産毛が可愛らしい。安心しきっているのか、すやすやと眠っている。

恐る恐る、そのふっくらとした頬に人差し指を近づけてみた。

指先が肌に触れた瞬間——赤ん坊は突然水になって消えた。

「……ッ！」

麻耶は慌てて面を上げ、周囲を見回した。

いつも通りのリビングだ。何も変わりはない。テーブルの上には食べかけの焼きカレーが置いてあるし、テレビはよく分からない深夜ドラマのワンシーンを映し出している。

「私、なんで……」

いつの間にか麻耶の両手は水に濡れていた。顎の先からポタポタと水滴が落ちていく。

悲しくないのに涙だけが止まらない。

今視たイメージは一体何だったのだろう。

赤ん坊を抱く感触が手に残っている。ぬくもりもまだ消えていない。けれど赤ん坊の顔を——いや、その姿さえも思い出せない。

視界が涙で滲む。わけが分からないまま〝悲しい〟という気持ちに支配される。

いたい。くるしい。

ひとりになるのはいやだ。

もうたえられない。

いっそのこと——。

「……違う」

麻耶は頭を振り、テーブルの隅に置いてあったチョコレートの箱を掴み上げた。中からチョコレートを一つ取り、乱暴に封を切って口の中へと放り込む。

——ダメだ、しっかりしろ。この感情は私のものじゃない。

慣れた甘さと苦みが口の中に広がる。昔母がくれたものと同じ味がする。

チョコを呑み込んでからも、麻耶は暫く(しばら)の間、両手で顔を覆って沈黙していた。

テレビからは赤ん坊の泣き声と、母親のあやし声が聞こえていた。

□

十二月一日。午後四時半。

麻耶と室戸は、形原哲夫が入院している豊清会(ほうせいかい)病院に来ていた。屋上バルコニーは休憩スペースになっており、外に出れば定山渓の街並みを一望することができる。だが今日は気温が頗る低いため外に出る気にはなれなかった。

今日の昼過ぎ、美園から再度連絡があった。

なんでも哲夫の調子があまり良くないらしく、急遽（きゅうきょ）病院に呼び出されたのだそうだ。その為、麻耶と室戸は病院内で美園を待つことにした。

院内は清潔感があり広々としている。包括ケアに力をいれている病院のようで、高齢の入院患者が多い印象だ。つい先ほども高齢の患者が休憩スペースでリハビリをしているのを目にした。

ふと、エレベーターの開く音がした。

現れたのは美園だ。

「すみません、お待たせしてしまって。お呼びしたのは私の方なのに」

美園は麻耶達の前まで駆け寄ると、深々と頭を下げた。

「気にしないでください。哲夫さんの具合、あまり良くないんですか」

「具合というよりも、認知症の発作が酷くて。たまになるんです。病院のスタッフの方全員を敵だと思い込んで、暴れて、逃げだそうとしてしまう。いつもならすぐ落ち着くのですが」

「大変でしたね。よかったら何か飲みませんか。といっても、そこの自販機で買うだけなんですが」

「そうですね、カフェオレでも……ああ、いいですよ吉灘さん。小銭なら持ってますから」

麻耶は有無を言わさずに美園をソファーへと座らせ、自動販売機で温かいカフェオレを購入した。冷たいものと迷ったが、バルコニーの中は少し冷えるので温かいものの方がいいだろう。

麻耶が席に戻るのと同時に室戸がソファー正面の窓際へと移動した。丁度リハビリ用の手すりが設置されており、そこに浅く腰掛けている。確かに美園を二人で挟むと威圧感を与えかねない。麻耶と美園が会話をして、室戸が離れたところでメモをとるというのが一番良いスタイルだろう。

「悪いですよ、お呼びしたのはこちらなのに」

「いいんです。室戸のポケットマネーから出しますので」

室戸は両手でピースサインをした。芸をして褒められた柴犬のような顔だ。

「じゃあお言葉に甘えて頂きます」

美園はカフェオレを開け、少しだけ口をつけた。漏れた溜息にはやはり疲労が滲んでいるように思えた。

「昨晩いきなり電話をしてしまってすみませんでした。ずっと迷っていたのですが、やはりお話しした方がいいかと思って。……浅間さんのこと、なのですが」

空気がピリッとした。

室戸はいつのまにかメモ帳とペンを手に持ち、真面目な面持ちで美園を見つめている。少し体を傾けているのは威圧感を与えないためだろう。見られていると思うと人は緊張するものだ。

「私、実は」

美園は口元に手を置き、言いづらそうに眉を顰めた。

「大丈夫ですよ、言って下さい」

「先日、浅間さんにお会いしました」

麻耶は思わず目を見開いた。

「先日というのは」

「確か二十八日だと思います。死体のニュースが出る前の日です」

二十八日——三日前だ。麻耶達が土倉不動産へ行った日、〝浅間〟が死体で発見される前日である。

「お約束して会われたのですか?」

「いいえ。吉灘さんに教えてもらった、ええと……土倉不動産でしたか。そこに電話をしてみたのですが、売主様の個人情報はお伝えできませんと言われて、すぐ電話を切られてしまいました。もう一度かけてもだめで、警察を呼ぶとまで言われてしまって」

可哀想ではあるが、不動産屋の対応としては正しい。相手が前所有者の孫とはいえ顧客の個人情報を渡すのはリスクが大きすぎる。

「それで……ええと、怒られることを承知でお話しするのですが」

「構いませんよ」

「私、土倉不動産の前で浅間さんが現れるのを待ちました。そうしたら、ようやく二十八日の夕方にいらっしゃって」

まさかずっと外で待っていたとでもいうのか。この時期はかなり冷えるし、そもそも美園は仕事があるはずだ。外で待ち続けるなどそう易々と出来ることではない。

「浅間さんは私に気付いていない様子でした。マスクをしていらっしゃったので、私も最初は浅間さんかどうか確信が持てなかった。でも目元がよく似ていたので、勇気を出して呼び止めてみたんです」

「そしたら何と?」

「何だか声がおかしくて。それに凄く焦った様子でした。美園ですと名乗ったら、ようやく思い出したような感じで『ああ美園さん』と……」

「以前とは全然様子が違っていたんですね?」

美園は頷いた。

「色々と訊きました。どうして一年前に失踪したのか、どうして何の連絡もくれなかったのか……けれど浅間さんははぐらかすような返事をするばかりで、全然質問に答えてくれないんです」

美園の顔にどんどんと絶望が滲んでいく。両の瞳はまるでぽっかりと空いた孔のようだった。

「こんなこと考えるなんて私はどうかしていると思います。でも、何だかずっと違和感が残っていて。……それで、吉灘さんにお話ししようかと」

「違和感ですか」

「浅間さんは、偽者なんじゃないかと……そう、思って」

麻耶は無意識のうちに拳を強く握っていた。

「変ですよね、こんなこと考えるなんて。でも思い返すほどにおかしいなと思えてくるんです。目元は似ていたけれど、声は少し違いましたし、身長も低いように感じました。とにかく違和感だらけで」

これは重要な証言だ。

だがそれ以上に、とある疑問が脳裏を過ぎる。

美園はなぜ、偽者だと思えるほどに浅間のことを知っているのだろう。

美園にとって浅間は不動産の買主でしかないはず。しかも直接的に取引したのは哲夫だ。

美園とはほとんど接点がないと言っても過言ではない。

だというのに美園は浅間の目も、声も、背の高さも知っている。もう一年間会っていないにも拘わらず。

「浅間さんとはよくお話しされたんですか？」

「えっ？」

美園は目を瞬いた。

「ええ、はい。歳が近かったものですから。何度も旅館に顔を出して下さいましたし」

「そうですか。随分と心配していらっしゃるようですから気になってしまって。――浅間さんの件、お聞かせ下さってありがとうございます。捜査の参考にします」

「お願いします」

場に沈黙が流れる。

美園は両手で包むように缶を持ち、きゅっと唇を噛んでいた。

「……美園さん。浅間さんの件とは別に一つ伺いたいことがあるのですが、よろしいでしょうか？」

「はい、なんでしょう」

「形原旅館が以前嫌がらせを受けていたという話を耳にしたのですが、それは本当ですか？」

途端に美園の表情が変わった。

穏やかな顔つきから、冷たく激しい面持ちへ。その極端な変化はぞっとさせられるものがある。

「ネットの書き込みをご覧になったんですか？」

「いえ、人から聞きました」

「そうですか。……ええ、嫌がらせは確かにありました。恐らくですが形原旅館の土地を欲しがっていた人がいたのでしょう。それはもう、酷いものでした」

「美園さんも被害を受けたと聞きましたが」

「私は大したことありませんでした。性的なひやかしを受ける程度で、気にはならなかった。旅館に毎日いたわけではありませんでしたし。ただ、母は」

「酷い中傷を受けていたそうですね」

美園は膝の上に両手を置いた。

その手は怒りを抑えるかのようにカタカタと震えていた。

「酷いなんてものではありませんでした。祖父は気にするなと言っていたけれど、あんなこと許せるはずがない。母は『私が母親じゃなかったら、あなたはもっと幸せだったのに』と言って、私を抱きしめて泣いていました」

珍しく怒気を孕んだ視線が麻耶へと向けられる。

「娘にそんなことを口にするほど母は痛めつけられていた。何も、何も、何一つ！　母は悪い事なんてしていなかったのに。なのにどうして、あんな」

パキと乾いた音がした。美園が手にしている缶を強く握った音だ。

美園の気持ちは痛い程分かる。この世の理不尽に呑み込まれ、自分が、家族が、どんどん軋んでいく苦しみは耐えがたい。

「……美園さんのせいではありません」

麻耶は美園の手にそっと触れた。一拍置いて、美園の手の震えが止まった。

「全て嫌がらせをしていた連中が悪いんです。お母様も、美園さんも、何一つ悪くない。だからどうか、自分のせいだなんて思わないで」

美園はがっくりと項垂れ、体ごと動かして頷いた。

「最後に一つだけお聞きしてもいいですか。本当に、これで最後です」

「なんでしょう」

「あなたのお母様……鶴美さんは、ご病気だったと伺いましたが」

「――病気です」

美園は項垂れたまま麻耶を振り向き、今にも壊れそうに笑った。

「母は病気でした。だから、死んだんです」

「……そうですか。分かりました」

場が再び静寂に包まれる。

風が強いためだろうか、窓ガラスが音を鳴らした。

形原哲夫はベッドの上で何かを探すように手を振っていた。

美園はベッド脇のパイプ椅子に座り、疲れ切った表情で祖父を見つめている。時折哲夫の呻き声にあわせて首を縦に振るが、何と言っているのかは分かっていないだろう。

休憩スペースで美園と話をした後、哲夫がまた暴れ出したとのことで看護師から呼び出しがかかった。麻耶と室戸は美園に許可をもらい、一緒に病室へと向かった。

哲夫が入院しているのは五階の四人部屋だ。四人共が高齢者で、テレビを見ることも本を読むこともなく、ただ横になっている。ベッド脇に置かれているオレンジ色のシートは、患者が勝手にベッドから下りた時にナースセンターへ知らせてくれる代物らしい。

つい先ほど看護師の一人が哲夫の様子を見に来たが、哲夫は暴言を吐くばかりで会話になっていなかった。美園が言っていた通り病院スタッフのことを敵だと思っているようだ。言動からして、以前に嫌がらせを行っていた連中と混同しているのだろう。

「すみません。今日は祖父もこのような状態ですし、話を聞くのは難しいと思いますので……」

美園は言葉を濁したが、暗に「帰って欲しい」と言っているのは理解出来た。確かに麻耶と室戸がいることで、哲夫は余計に興奮しているような気がする。このままだと美園の負担が増えるだけだ。

「分かりました。今日はお暇しします。また何かありましたらすぐに連絡をください。いつでもかまいませんから」

「ええ、ありがとうございます」

「それでは――」

麻耶と室戸は退室しようと一歩を踏み出した。

だが、哲夫の大声が二人の足を止めた。

「おい浅間、おまえ、分かってるんだろうな」

とんでもない声量だ。廊下にまで響いている。

哲夫の枯れ木じみた人差し指は真っ直ぐ室戸を指していた。

「おまえだけが頼りだからな。きちんとな、きちんとするんだぞ。旅館のことも頼むぞ」

「ええと哲夫さん。俺、浅間さんじゃなくてですね」

「つるみもきっと喜んでいるからな。しっかりやってくれ」

完全に室戸のことを浅間だと勘違いしている。確かに歳の頃は近いので、勘違いしても不思議ではない。

哲夫の震える指先は室戸から麻耶へと移った。

「みその。おまえもな、体にきをつけてな」

まさか美園に間違えられるとは。本物はすぐ隣にいるのに。

「うまれたらみせにくるんだぞ、い、い、い、い、い、い」

——な。

「おじいちゃん、何言ってるの。それは別の人の話でしょ」

美園は苦笑しながら哲夫の布団を直してあげた。真横に美園がいることに気付いたのか、哲夫は途端に麻耶達へと攻撃的な視線を向ける。今度は病院のスタッフと勘違いしているのかもしれない。

今、産まれたら見せに来いと言わなかったか。

別の誰かと勘違いしている？

本当にそうなのか。

「ごめんなさい、吉灘さん。すぐ別の人と混同しちゃって。気にしないでください」

麻耶と室戸は軽く苦笑し、会釈をしてから今度こそ部屋を出て行った。

部屋からは哲夫の呻き声が聞こえる。

麻耶は高鳴る心臓の音を何とか抑えるべく、ぐっと拳を握った。だが心臓の音は余計に大きくなるばかりだった。

# 4

午後八時。

麻耶はハイソウ部屋で書類と睨み合い、唇を尖らせていた。あれこれと考えている時、拗ねた子供のように唇が突き出すのは麻耶の癖だ。

向かいでは大宮がベビーカステラを食べている。室戸は書類の作成中だ。

三人が部屋で待機しているのは、白石の帰りを待っているからである。白石は現在東署——つまり捜査本部に顔を出しており、今日の会議で共有された内容を持ち帰ってくることになっている。

恐らく、捜査会議の内容と一緒にＤＮＡ鑑定の結果も報告されるはずだ。

期待は大きい。だが同じくらい不安も大きい。

もし定山渓で見つかった死体が浅間玲二のものでなかったなら——そう考える度、胃を締め上げられるような感覚に陥る。

「吉灘君、さっきから何を見てるの？　タコみたいに口を尖らせちゃって。だいぶ面白い顔してるよ」

大宮に笑われ麻耶はきゅっと下唇を噛んだ。口を動かして初めて、自分が唇を尖らせていたことに気付いた。

「浅間玲二についての資料です。捜査会議で長岡が言っていたことが気になって」

「ああ、結婚詐欺云々の話？」

「そうです」

長岡が言っていた通り、浅間玲二は十八歳の時に母親に捨てられ、以降は学校にも行かず一人で生きてきたそうだ。最初のうちは昼の仕事をしていたが、次第に夜の仕事へと流れていき、二十歳になる頃には立派な色事師になっていた。数多くの女性に金を貢がせ、住まいを転々とするような日々だったらしい。

その後、突然三十歳近く歳が離れた資産家女性と交際を始め、結婚の約束までした。だが土地をいくつか譲り受けた直後に別れを告げ、女性の前から姿を消してしまった。

調べたところ、浅間が譲り受けた土地はトラブル直後に東京の不動産会社へと転売され、数軒の不動産会社を経由して大手マンション会社へと渡っている。問題の土地は現在高級マンションの建設中だ。

本部に戻ってきてからというもの、麻耶の頭の中ではとある仮説が膨らみつつあった。形原哲夫が浅間に不動産を譲ったのは、旅館再生の話に感銘を受けたからではなく、浅間が将来的に相続権を有する人間だったからではないだろうか。

あまり考えたくない。もし本当だとすれば残酷すぎる話だ。

けれど、辻褄は合う。

「あ、班長戻ってきたかも」

大宮は俊敏な動きで扉の方を見ると、慌ててベビーカステラを机の中にしまった。そのまま席を立ち、プラスチックのカップにコーヒーを注ぐ。

何も聞こえない。本当に戻ってきたのだろうか。――と思った刹那、部屋の外にヒールの音が響いた。一拍置いて扉は静かに開け放たれた。

「ご苦労様です。遅くなってすみませんでした」

白石は部屋に入ってくるなりコートをポールハンガーにかけ、席に着いた。

すかさず大宮がコーヒーを差し出す。白石は軽く礼を言い、手元の資料に視線を落とした。

「まず先にDNA鑑定の結果について報告します」

場の空気が緊張を孕む。

大宮が席に戻ったのを確認し、白石は二の句を継いだ。

「DNA鑑定の結果、米里で発見された死体と浅間美代子に親子関係はないとのことです。つまり、我々が浅間玲二だと思っていた人物は、実際には別人だったということになります」

やはり、浅間は偽者だったのだ。となると――。

「もう一つ。定山渓で発見された水死体ですが」

麻耶は息を吞んだ。

「浅間美代子との親子関係が認められました」

「ということは」

「吉灘。あなたが言ったとおり、定山渓で発見された遺体こそが浅間玲二のものだったということです」

場の全員が短く溜息をついた。室戸は分かるが、大宮まで緊張していたというのは少し意外だ。麻耶が思っていた以上に、分の悪い賭けだったのかもしれない。

「また、本日の捜査会議で東山という男についての情報も共有されました。東山渡、三十二歳。過去にも何度か恐喝や暴行で起訴されています。元々はマル暴の使いっ走りだったようですが、今は低所得者や借金を抱えた人物を集め、職業訓練と斡旋を行っています。ですがその実体は人身売買に等しく、犯罪の片棒を担がされるパターンがほとんどとの噂です」

「つまり浅間……いえ、浅間を名乗っていた人物は、成りすまし役としての仕事を斡旋された可能性が高いと?」

「捜査会議ではそのように報告されていました」

浅間――いや、成りすまし役だった男は、やはり〝自分が偽者であること〟を告発するつもりで連絡をしてきたのだろう。だがそのことが古津と東山の耳に入り暴行を受けた。元々口封じに殺すつもりだったのか、あるいは制裁を加えた結果誤って殺してしまったのかは不明だが、現場の状況からして、後者である可能性は高い。

「成りすましをしていた男は行川徹という人物であると見られています。借金苦からホームレス生活となり、ある日東山らしき男に連れて行かれたそうです。その後は消息不明。ホームレス仲間に死体の写真を見せたところ、面影があるとの返答が得られました。行川の身長と年齢も、米里で見つかった死体と概ね一致します」

「でも班長」

室戸は真っ直ぐに手を挙げた。

「浅間……いえ、成りすまし役は半年くらい東京で暮らしていたんですよね？　つまり、行川が半年前から成りすましていたってことだと思うんですけど、浅間の知り合いは偽者だと気付かなかったんですか」

「遺体には整形手術の痕跡がありました。浅間玲二に似せるために顔を変えたものと考えられます。行川の元の顔も多少浅間に似ているようなので、背丈や年齢、顔つきから条件の合う人間を派遣しているのかもしれません」

地面師詐欺における成りすまし役は似ている人物を使うのが定石と聞いていたが、まさか整形手術まで行うとは。それほどまでに形原旅館が欲しいのか、あるいは昨今の不動産詐欺の手口が進化しているのか——どちらにせよ恐ろしい話だ。

「浅間は元々住まいを転々としていた上、交友関係も度々リセットしていたそうです。偽者であることに気付けるほど親睦の深い人間はいなかったのでしょう」

「なんだか、寂しい話ですね」

白石は返答しなかった。

その静寂に対し、麻耶が口を開く。

「半年前から東京に成りすまし役を送り込んでいたとなると、バックにいる連中は、浅間が行方不明であることを知っていた可能性が高いのではないでしょうか」

「捜査本部でもそのような結論に至りました。ですので、以降は地面師グループが浅間を殺害したという可能性を視野に入れ、定山渓での事件を再捜査する方針です」

地面師グループが浅間を殺した。

確かに現状ではその結論に至るのが自然だろう。所有者である浅間を殺し、成りすましを用意して不動産を掠(かす)め取る。——最も分かりやすいシナリオだ。

だが、そうなのか。

本当にそれでいいのか。

「定山渓で発見された遺体の件に関しては、以降東署に設置されている捜査本部で取り扱われることになります。吉灘と室戸は明日以降応援として捜査本部に加わって下さい」

室戸が少年のように顔を綻(ほころ)ばせている。ハイソウが捜査本部へ応援に行く機会は滅多にないため、喜ぶのは当然のことだ。

今まで事故の可能性が高いとされていた浅間の死は、ようやく殺人事件の方針で捜査されることになった。今後は多くの捜査員が投入され、浅間殺しの真相について徹底的に調べられる。

それこそ、真実を踏み荒らすかのように。

「どうしました、吉灘。不満そうですが」

麻耶はぎゅっと眉を顰めるばかりだった。

——なぜだろう。全くすっきりしない。何かがズレている。

胸の奥がじくじくと膿んでいるような、嫌な感じがする。

「……班長」

「何でしょう」

「もう一度、形原旅館を視ることを許可してはもらえないでしょうか」

途端に場の空気が凍り付いた。

室戸は笑顔のまま硬直し、目を瞬いている。白石は相変わらず無表情だ。大宮は珍しく鋭い視線を麻耶へと送っていた。

おかしなことを言っているという自覚はある。

捜査は少しずつ進展しているし、詐欺グループの悪行も明るみに出ている。麻耶が主張したとおり浅間の死は殺人の可能性があるとされ、再捜査がされることになった。麻耶達も捜査本部に加わり捜査を続行する。

文句のつけようなどない。全て順調だ。なのに妙な焦燥感が心の中を支配している。

明らかにしなければならないことがある。——そんな強迫観念が頭から消えない。

「……なぜです」

白石の声はぞっとするほど低かった。

「何かが残っている気がするんです。まだムスビの正体だって明らかになっていない」

「つまりあなたは形原旅館を解体へ導くためにもう一度建物を視たいと言っているのですか？」

「解体したいからではありません。……私たちは何かを見落としている。このまま捜査を続けても、形原旅館は解体されずに終わってしまう気がするんです」

「だから何だというのです」

麻耶は思わず閉口した。白石の一声には有無を言わせない威圧感があった。

「警察官の仕事は事件を解決することです。それ以下でも以上でもない。形原旅館が解体されないまま残ったからといって、それは我々が気にするようなことではありません」

「そうですが」

「そもそも、浅間が何者かに殺されたと主張したのも、一連の事件に地面師が関与していると言ったのもあなたです。現状の捜査方針はあなたが望んだとおりになっている。これ以上何を望むというのですか」

麻耶は下唇を強く噛んだ。

「浅間を殺したのは、地面師連中ではないような気がするんです」

「では誰が殺したと？」

「それはまだ分かりませんが……」

「そのぼんやりとした蟠りを根拠に、また形原旅館を視るつもりですか。……先日形原旅館を視たときバルコニーから落ちかけたそうですね」

返答しようとしたが、言葉がでなかった。

川に落ちかけたことに関しては非難されても文句はいえない。室戸に迷惑をかけたのも事実だ。一人だったなら間違いなく転落死していただろう。

「何度も言いますが、あなたは警察組織の人間です。悔退師ではない。ルールに従えないのであればバッジと警察手帳を置いて出て行きなさい」

麻耶はデスクの上で拳を強く握った。

隣で室戸が「麻耶さん」と諌めるように呼びかけている。だがその声が届かないほど、麻耶は静かな怒りに支配されていた。

いつもそうだ。悔退師になりたいのなら警察を辞めろ。警察官でいたいのならルールに従え。忌み目を使って捜査をしろ。指示がないのなら使うな。忌み目で得た情報はあてにならない。気味の悪い超能力者。超能力を買われて刑事になった。物置の霊能力者に何が出来る。

忌み目を持っているからこそ解決できる事件だってあるはずだ。そのために廃物件捜査班があるのではないのか。

「この際なのではっきりと言いましょう」

白石は珍しく顔を歪めた。

この一年半一度も見たことがない、感情的な表情だ。

「私は忌み目が嫌いです。心底嫌いです。そんな目などこの世からなくなってしまえばいいと思っています」

白石の発言を受けて悲しそうに眉を顰めたのは、麻耶でも室戸でもなく——大宮だった。

「悔退師も嫌いです。あなたの師も嫌いです。あなたがその目を抉り出すというのなら喜んで手を貸しましょう」

「……なぜ、嫌いなんですか。」

「あなた方が容易く命を消費するからです」

麻耶は思わず息を呑んだ。

「私はあなたが理解出来ない。父親の件があって心底自殺というものを憎んでいるくせに、自分の命を削ることには一切躊躇しない。ムスビ物件だろうと構わず忌み目を使う」

「命を削っているわけじゃありません。私はリスクと向き合った上で、力を」

「いいえ。あなたがしようとしていることは、緩やかな自殺と変わりません」

脳天を殴られたかのような衝撃だった。

——緩やかな自殺。

そうなのかもしれない。

守亜に忌み目を使うなと口うるさく言うのも、守亜の身を案じているからだ。目が金色に染まれば悔退師は命を絶ってしまう。いずれ死ぬと分かっていて力を使うのは自殺と相違ない。

でも。

それでも――。

「吉灘」

白石は短く溜息をつき、麻耶の名前を呼んだ。最後通告と言わんばかりの声音だった。

「私は廃物件捜査班の班長です。あなたが目を使って捜査することも最低限は許可します。けれどあなたが自らの命を省みず、目に頼った捜査を続けるというのであれば、私は今後あなたのことを部下とは認識しません」

白石は麻耶から視線を逸らした。

「……あなたを死なせては、吉灘警部補に合わせる顔がない」

その声は、消え入りそうなほど小さかった。

□

午後十一時。

麻耶は自宅に帰り、ボストンバッグに宿泊用の荷物をまとめていた。

明日からしばらくの間捜査本部に泊まり込みだ。この時期に署の道場で寝るのは応えるが文句は言っていられない。

本部で白石の話を聞いた後、麻耶と室戸は東署へ移動して捜査本部に顔を出した。夜の九時過ぎだとさすがに捜査会議も終わっており、管理職が顔を突き合わせて今後の捜査方針を固めていた。

その時、伊万里に言われた言葉がずっと頭の中に残っている。

――ハイソウは別に、この件から手を引いてもらって構わないんだが。

ふざけている。後ろでわざとらしく笑っていた長岡にも腹が立つ。

恐らく伊万里はDNA鑑定の件で麻耶に〝負けた〟ことが悔しいのだろう。超能力に否定的な伊万里は、ハイソウを不要な部署と主張して憚らない。長岡共々、麻耶に露骨な嫌悪の視線を向けている。

伊万里の指示に従うように、と白石は言っていたが、この様子だと捜査本部内で満足な仕事はもらえそうにない。電話番がせいぜいといったところか。「浅間殺しの犯人は地面師連中じゃない」と主張したところで、鼻で笑われるのがオチだ。

捜査本部には二課の捜査員が加わり、戒名も「豊平川河川敷殺人・死体遺棄事件」から「定山渓温泉旅館詐欺・殺人事件」へと変更になった。一連の事件は地面師グループによるものとして、これを機に一斉検挙を目指す方針なのだろう。

ハイソウが捜査本部から排除されるのも時間の問題だ。

そうなればもう形原旅館とは関わり合いがなくなる。捜査がどう転がっていこうと、外野からただ見ていることしかできない。

ふと、スマホの着信音が鳴った。この音はプライベート用のそれだ。

麻耶は寝室へ足を運び、ベッドの上に放置してあったスマホを手に取った。そのままベッドに腰掛け、画面を見る。

発信者は――端島守亜。

「はい。いきなりどうしたの、こんな時間に」

返答はない。窓の揺れる音だけが聞こえている。

「師匠？」

『明日の夜、時間あります？』

守亜の声はいつもよりも一段低かった。

「明日から捜査本部入りだから、あまり暇じゃないかも。何かあった？」

『暇じゃないならいいんです。一応聞いただけなので』

「用事があるから聞いたんじゃないの」

『まあ、そうですが』

――煮え切らない。一体何だというのか。

『来られないのならそれで構いません。私としても正直来てもらわない方が……』

「師匠」

守亜は押し黙った。

「隠さないで教えて」

スピーカーの向こう側で溜息が聞こえる。呆れと諦観を含んだ溜息だ。

守亜はまさに渋々といった様子で返答した。

『……明日の夜、湯原さんと会う予定になっているんです』

湯原。このタイミングでその名前が出てくるとは。

「また催促？」

『いえ、お話ししたいことがあるので私の方からお呼びしました。湯原さんは要望を呑んでくれるのなら行く、と』

「要望って？」

『話し合いの場に助手も連れてきて欲しい、とのことです』

——え。

「助手って、私のこと？」

『他に誰がいるんですか』

「どうして私を」

『分かりません。二人で話をしても平行線だから、とは仰っていましたね。私が形原旅館を解体しようとしないので、先方は随分お怒りのようです』

だからといって依頼に全く無関係な助手をわざわざ同席させるだろうか。話し合いに立ち会ったところで何かの役に立つとは思えない。出来ることと言えばせいぜい、話し合いがヒートアップした時に二人を仲裁する程度だ。

要望の意図が読めない――が、呼ばれている以上行かないという選択肢はない。湯原と会って話ができるなどまたとないチャンスだ。

「分かった、行く。話し合いに同席する」

スピーカーの向こう側で舌打ちが聞こえた。

『捜査本部入りするんじゃなかったんですか』

「夜抜け出してくるから大丈夫」

『そんなことをしてるから上司にルールを守れと口うるさく言われるんですよ。まあ捜査本部入りと言ってもどうせお荷物扱いでしょうし、大して忙しくないとは思いますが』

「うるさいな」

――本当のことだから反論出来ない。

『正直、私としてはあまり来て欲しくないんですよ。こ、こ、こちら側の話に警察の介入を許すのは不本意です』

「でも私がいないと湯原さんは来てくれないんでしょ？」

『先方はそう仰っていますね』

「そもそも話って何なの。わざわざ依頼人を呼び出すなんて、師匠にしては珍しい」

カチンと金属的な音が聞こえた。守亜がライターを開いたのだろう。

『少し確認したいことがありまして。……場合によっては、依頼をお断りするかもしれません』

「それって」

麻耶はベッドの上で胡座（あぐら）をかき、凍り付いたように硬直した。

守亜が依頼を断る理由は一つしかない。規約違反の発覚だ。

つまり――。

「湯原さんが人を殺したかもしれないってこと？」

『あくまで可能性段階です。先方に確認してみないことには何とも言えません』

「可能性って、どんな」

――まさか、湯原が浅間殺しの犯人だとでも。

『それは明日お話しします。あなたが期待しているようなことではないと思いますが』

「今教えてくれればいいのに」

『警察に情報を流すのも癪（しゃく）ですし』

明日話をするのなら、それはもう情報を流しているのと変わらないのではなかろうか。

「……分かった。明日の夜そっちに向かう。何時に行けばいい？」

『八時に。捜査が忙しくて来れそうもないなら、それはそれで構いません』

「這（は）ってでも行くから大丈夫。……というか、そんなに来てほしくないの？」

『私としてはあなたを同席させる理由がありませんからね。話し合いの席に部外者がいても邪魔なだけです。まして警察官だなんて』

随分辛辣（しんらつ）な言い方だ。守亜が警察嫌いなのは薄々知っていたが、今日の物言いはそれ以上の何かを感じる。

出来るなら来て欲しくない――そう思っているかのような雰囲気だ。

『まあ、あなたが来たいというのなら止めません。くれぐれも刑事という身分は明かさないようにお願いします。よろしいですね』

「悔退師の助手として振る舞うから安心して」

『結構。話は以上です。それでは明日の夜、よろしくお願いします』

言うだけ言うと、守亜は一方的に通話を切った。

麻耶はスマホをスリープモードにし、ベッドの上に放り投げる。ベッドサイドに置いてある鏡には、麻耶の強ばった表情が映し出されていた。

□

十二月二日。午後八時半。

麻耶は端島不動産調査所の書斎で守亜と湯原の話し合いに同席していた。

入口側のソファーには湯原が、奥側のソファーには守亜が。麻耶は両者の間に椅子を置き、そこに腰掛けていた。

ふと部屋にかけられた時計を見る。

八時半。――ちょうど捜査会議が終わった頃か。

今頃は捜査本部にいる室戸が不安そうに顔を顰めていることだろう。麻耶は理由を言わずに「行かなきゃならないところがある」と言って会議を欠席した。こういうとき無理に理由を聞き出そうとせず、黙って送り出してくれるのは室戸の良いところだ。

湯原は先日会った時と同じく、茶色のジャケットにスラックスを合わせていた。成金じみた見た目も以前と同様だ。肌の艶は前回よりも良いように思う。

この男が地面師詐欺の黒幕なのだろうか。

浅間の死にも何らかの関係が――。

「わざわざ来てもらって悪いね。びっくりしたでしょ」

突然話しかけられ、麻耶はビクッと肩を撥ね上げた。

湯原は両の太ももに肘を置き、前屈みになって麻耶を見ている。表情こそ穏やかだが、その雰囲気は威圧的だ。

――気を抜いたら怪しまれる。今は助手でいることに専念しないと。

「私なんかが同席しても大丈夫でしょうか。お役に立てるとは思えませんが」

湯原は豪快に笑った。

「いてくれるだけで構わないよ。男二人で喋ってるとね、互いの意見をぶつけ合うばかりで話が進まない。特にこの先生は頑固みたいだから」

「それは……ええ。仰るとおりです」

「本当に何でもないから、リラックスして。ああ、コーヒーを淹れてくれてありがとう。俺はコーヒーに目がないんだよね。これはどこかの店のブレンド?」

「ええと……行きつけの喫茶店で売っている豆です」

嘘だ。実際はディスカウントストアで買ったグラム百円の豆である。しかも長い間袋が半開きのまま放置されていたので、香りが完全に飛んでいた。

「ま、コーヒーのことはいいか。……それで話ってのはなんだろうね。いい知らせであれば嬉しいけど」

湯原の声色がガラリと変わる。ここからが本題ということなのだろう。

守亜は脚を組み、じっと湯原を見据えた。

「あまりいい知らせではないかもしれません」

「じゃあ、それなりに覚悟しておかないとな」

「……そういえば浅間玲二さん、死亡していたそうですね。一年前の遺体が発見されたのだとか。ニュースをご覧になりましたか」

湯原は煙草に火をつけ、煙を吐きながら頷いた。

「当然知ってるよ。困ったもんだ」

「どうするおつもりなのですか」

「どうするって……何を？」

「このままだと形原旅館は誰のものでもなくなります。もう売買契約どころの話じゃない」

「ああ、そのことか。問題ない。遺言状が見つかったから」

――遺言状？

「形原旅館の所有者……形原哲夫だったかな。そいつに孫娘が一人いてね。その女に相続させるって内容だったのさ」

麻耶は喉元までせり上がってきた「は？」という一声を呑み込むのに必死だった。

美園に相続させる？　何だそれは。そんな話聞いていない。

「孫娘というのは形原美園さんのことですか」

「そんな名前だったかもしれないな。形原のじいさんばあさんはもうボケてるから、ハンコ押させるのに弁護士だの何だの面倒な手続きが出てくる。その点若いお姉ちゃんなら話がスムーズだ。随分とまあ世間知らずなお嬢さんのようだし」

世間知らずとはどういうことだ。湯原は美園のことを知っているとでも。

湯原の物言いにはどこか嘲弄めいたものを感じる。

「遺言状が見つかったとおっしゃいましたが……作った、の間違いでは？」

一瞬、静寂が流れた。

空気が刺々しさを増す。

「勘弁してよ、先生。そんなお巡りさんみたいなこと言うタイプじゃないでしょうよ」

湯原は緊張感を誤魔化すかのように、カラカラと笑った。

「こんな話をするために呼んだわけ？　先生は前こう言ったはずだ。犯罪者だろうが、クズだろうが、外道だろうが、規約に反していなければ依頼を受ける。……嘘だったなんて言わないよね？」

「嘘ではありません。相手が詐欺師でも、救いようのないクズでも、掛け値なしの馬鹿でも、解体したい廃墟があるというのなら依頼を受けます。報酬次第ではありますが」

「報酬なら払うよ。そこは気にしなくて――」

「ですから、あなたが界隈で有名な方だろうと私は一切気にしません。……ねえ、柳下さん」

途端に湯原の顔が陰りを帯びた。

柳下。どこかで聞いた名前だ。

ふと脳裏に大宮の言葉が蘇る。

――地面師詐欺は十人前後のチームで動いてる。

――まず主犯格。これは界隈に有名な人が何人かいるみたいで、色んな詐欺事件に関与してる。

――名が知れていて、二課が一生懸命追ってるのは河野、勝田、

――あとは柳下あたりかな。

「俺のことを随分知ってくれてるみたいで光栄だよ。……どこで知った？」

湯原――いや、柳下は、今までと打って変わってドスの利いた声を漏らした。

「こう見えて、知り合いが多いのですよ。表の社会がネットワークで繋がっているように、裏の世界もネットワークで繋がっている。……あなたもよくご存じのはずです」

返答はない。柳下は煙草の煙を吐き、じっと守亜を睨め付けている。

「そう怖い顔をなさらないでください。警察に駆け込んだりはしませんよ。正直、私も警察とはあまり関わり合いたくない」

今この話し合いに同席している〝助手〟がその警察なんだけど——と心の中で呟いたが、顔には決して出さないでおいた。

「そもそも成りすましに騙されて大金を掠め取られるなんて、そんなもの騙される方が悪い。馬鹿な不動産屋が数億、数十億損をしたからといって、私には何の実害もありません」

「まあ、そうだな。その通りさ。あんなもの騙される方が悪いんだ」

「遺言状の件に関しても、どうでもいいというのが正直な感想です。形原美園さんにお会いしたこともありませんしね。あなた方がどうやって美園さんから不動産を掠め取ろうとするのか……その手腕は少し気になるところではありますが」

「なあ、先生。一体何の話がしたくて俺を呼んだんだ？　だらだらお喋りするのも悪くないけどね、だったらもう少し美味いコーヒーがないと」

「それは失礼。私はどうもコーヒーの味に疎いので、安い豆ばかり買ってしまうのです。……分かりました。では単刀直入にお話ししましょう」

麻耶は無意識のうちに生唾を呑み込んでいた。

「先ほども言いましたが、あなたが何者だろうと興味がない。知ったことではありません。

けれど、規約違反は別です」

柳下の口から「は」という声が漏れた。呆れているような、驚いているような、何とも言えない声だ。

麻耶も知らず知らずのうちに顔を強ばらせていた。

「規約違反？　いやいや、何言ってるんだ。俺は人なんて殺してない」

「規約に含まれるのは直接的な殺人だけではありません」

「まさか、役者が死んだことを言ってるわけ？　あれはまったくの無関係。雇ってたチンピラが勝手にやっただけ。そんなものまでカウントされたら困るよ」

役者とは、浅間に成りすましていた男のことを言っているのだろう。

――やはり偽浅間を殺したのは東山か。

「それとも浅間殺しを疑ってる？　だったらそれは間違いだ、俺たちは関与してない」

柳下は余裕たっぷりに煙草の煙を吐いた。

「浅間に関してはね、俺たちだって迷惑してるんだ。ある意味被害者だよ。いきなりいなくなったと思ったら実は死んでましただなんて。冗談じゃない」

「待ってください。……あなたは、浅間さんが失踪した理由を知らないんですか？」

突然口を挟んだ麻耶に、柳下はあからさまな不信感を抱いているようだった。

守亜がこちらを見ている。サングラスのせいで視線が分かりづらいが、恐らく「余計なことを言うな」と言いたいのだろう。

けれど、これだけはどうしても確認したい。

浅間の死は地面師詐欺と全くの無関係なのか。

「いきなりどうしたの、お姉ちゃん。浅間と知り合いなの？」

どう答えるべきか。形原旅館の事件を追っていると言うわけにもいかない。

不本意ではあるが、これが一番怪しまれないだろう。

「昔……その、ちょっとした関係が」

柳下はきょとんと目を瞬くと、途端に膝を叩いて笑い出した。

「何だ、世間は狭いな。お姉ちゃんも浅間に騙されたクチか。まったくあいつは女の敵だね」

「騙されてたわけじゃありません。本気でした」

「みんなそう言うんだよ。あいつの手口だ。女をその気にさせるのがべらぼうに上手い奴だった。ありゃ天性の才能だな」

「あなたに浅間さんの何が分かるっていうんですか」

「分かるさ。俺たちはそりゃあもう仲の良いお友達だったんだ。困ったことがあったらいつも助けて貰ってた。……だってのに浅間の野郎、いきなり降りるだの何だの言い出してよ。それっきり音沙汰なしだ。仕事も途中でほっぽり出しやがって」

柳下は上を向き、わざとらしく煙草の煙を吐いた。

「ガキが出来たから何だって言うんだ。そんなもん堕ろさせればいいんだよ。これだから若造は」

――ガキが出来た？　浅間と、誰かの間に？

「子供って、それ、どういうことですか」

「悪い悪い、何でもない。そう怒るなって。そのガキはもうこの世にいないから」

心臓の鼓動が速い。

ずっと欠けたままだったピースがようやく埋まったような気さえする。けれど認めたくない。

出来上がった絵は、想像していたよりはるかに残酷で――。

「話がそれたが、浅間に関しちゃ俺たちは全くの無関係だ。……先生は、俺が誰を殺したと思ってるんだ？」

「――五年前」

柳下の乾いた笑いが止まった。

「形原旅館は執拗な嫌がらせにあっていたそうですね。オーナー夫妻の一人娘は嫌がらせのせいで精神を病み、その後死亡したと聞いています」

「ああ、そんなこともあったなあ。でもあれは事故だ。痛ましい転落事故。だから俺は関係な……」

「嫌がらせを指示していたのはあなたですよね、柳下さん」

沈黙。

一拍置いて、くつくつと喉の鳴る音が聞こえた。

「よくもまあ色々と調べてくるもんだね。驚いちゃうな」

「あなたは形原旅館を閉業に追い込むため、執拗な嫌がらせを繰り返した。その結果形原鶴美さんは死亡し、形原旅館は閉業した」

「人聞きが悪いな。嫌がらせは俺がやったわけじゃない。一部の客がアンチになっちゃっただけでしょ。だってのにあのジジイときたら、嫌がらせには屈しない、誰にも売らん！……って意固地になってさ。馬鹿げてる」

「馬鹿げているのはあなた方の方でしょう。高々旅館ひとつのためにそこまでするなんて。あの土地を手に入れて、どうするつもりなんですか？」

「どうもしないさ。そこまでするのが楽しいんだよ。ギャンブルやセックスよりもずっと楽しい。先生には分からないだろうがね」

「分かりませんね。そのくだらねえ快楽のために、人を死に追いやる連中の考えなんて」

空気が凍り付いた――気がした。

「つまり先生は、形原の娘が自殺したと考えてるわけだ」

「その通りです」

「それが規約に違反してる、と」

「ええ」

「そいつはちょっと、無理があるだろ」

柳下の声が途端に怒気を孕んだ。

今までの飄々（ひょうひょう）とした雰囲気はもう微塵（みじん）も感じられない。ソファーに座っているのは長い間裏の世界で生きてきた名うての悪人だ。

「そもそも、その女が自殺したからって何なんだ。俺には関係ねえ」

「規約が何のためにあるのか……それは、少しでもリスクを減らすためです」

「……リスク？　何の」

「廃墟には往々にしてムスビと呼ばれるものが残っている。祟（たた）りのようなものと思って頂ければいいでしょう。祟りに関係する人間はあちら側に引き込まれやすい。その人間に関わった者もまた同様に」

「またオカルトの話か。勘弁してくれよ。そんなことで煙（けむ）に巻（ま）こうなんざ」

「では猿でも分かるように言いましょう。鶴美さんは間接的な死の原因であるあなたを恨んでいる。そんなあなたの依頼を受けてしまっては、私まで鶴美さんの恨みを買いかねない。だからお断りします、と言っているのです」

柳下は返答しなかった。代わりに壊れたような笑い声を漏らし、そのまま大声で笑い始めた。地団駄を踏んでいるため床がギイギイと軋（きし）んでいる。

「幽霊退治の専門家が、自分も祟られそうだから嫌だって言うのか！　そんなのありかよ」

「前も言いましたが、私は霊能力者ではありません。なので幽霊退治もしません」

「ああ、そうだったな。そんなことを言われた。……なるほどね、つまり先生はどうあっても依頼を断るってわけだな？」

「ご理解頂けたようでなによりです」

「報酬を上乗せするって言ってもか？」

「たとえ一億積まれても、お受けいたしかねます」

「頑固だねえ。そうかそうか。よぉく分かった」

柳下は軽い溜息を吐いて脚を組み直し、手を二回打ち鳴らす。

「あんまりこういうのは好きじゃないんだけど、仕方がない。ビジネスの世界じゃよくあることだ。……〝俺たちの〟ビジネスの世界じゃ、ね」

刹那、扉が勢いよく開け放たれた。

派手な足音を立てて部屋に入ってきたのは三人の男だ。麻耶は咄嗟に立ち上がったが、抵抗するより先に腕を掴まれ、床に引き倒された。

何とか男達を引き剝がそうとするも、さすがに二人がかりで取り押さえられては動けない。両腕を背中側で拘束され、背中を膝で踏みつけられている。

ふと守亜に視線を置いた。

守亜は特に動揺もしていない様子でソファーに座っている。だがその口の端は珍しく下がっていた。

「悪いね先生。でも、こうなったのは先生のせいだ。何度も催促してるのに全然廃墟を解体しようとしない。依頼を受ける気がないってことくらい馬鹿でも分かる」

「だから強硬手段に出ると？」

「そういうこと。依頼を断るだなんて冗談じゃない」

守亜は軽く溜息をついた。少し苛立っている様子だった。

「あなたが助手を同席させるように言ったとき、正直嫌な予感はしていました。ですが、まさか本当にやるとは思わなかった。私はあなたを甘く見ていたようです」

「今もまだ甘く見てるんじゃないのか？　随分落ち着き払ってるみたいだけどね。……姉ちゃん、ちょっと手ェ出してくれ。左がいい」

柳下はスラックスの後ろポケットに手を突っ込み、麻耶に近づいてきた。

一方麻耶を拘束している大男は、無理矢理麻耶の左手を掴んで床に押さえつける。渾身の力を込めて抵抗したが左腕はビクとも動かない。

警察官だと宣言すべきか。

いや、ここで身分を明かせば余計に話がこじれる。最悪口封じに殺される可能性さえあるだろう。

——とにかく、何とかしてこいつらを振りほどかないと。

「俺は男女平等をモットーにしてるんだ。男が上、女が下なんて考えは時代遅れ。今じゃ男も女も同じくらい力がある。……つまり、女だから暴力を振るわないなんて考えは古いんだ」

柳下がポケットから取り出したのは小振りのバタフライナイフだった。刃を起こし、その切っ先を下に向ける。ナイフの真下にあるのは麻耶の左手だ。

「結婚指輪をする指にしようかね。将来結婚したら『指輪を嵌められなくてごめんなさい』ってちゃんと旦那に言うんだぞ」

「待って、やめ――」

ナイフが振り下ろされる。

麻耶は思わず目を瞑った。

だが耳鳴りのような静寂が場を支配するばかりで、左指の感覚が無くなることはなかった。

「……っていうのは、予行演習だ。ヒヤッとしただろ？」

恐る恐る目を開けた。

そこには目一杯に広げられた麻耶の左手と、中指と薬指の間に突き立ったバタフライナイフがあった。

「さて先生。ようやく条件が対等になったことだし、建設的な話し合いと洒落込もう。状況はいたってシンプル。互いの望むことをすればいい」

柳下はナイフを回収してソファーに戻り、テーブルに足を乗せる。踵がテーブルに叩き付けられた衝撃でコーヒーカップが跳ねた。

一方、守亜はソファーに座ったまま組んだ脚の上に組んだ手を置いている。サングラスのせいで表情は見えないが、静かな怒りを抱いていることは明らかだった。

「先生が仕事をしてくれれば、あの姉ちゃんは五体満足のまま解放する。逆に先生が仕事を放棄すれば、あの姉ちゃんは可哀想なことになる。分かりやすいだろ？」

「……そこまでして、形原旅館が欲しいのですか」

「欲しいね」

柳下はソファーの背もたれに両腕をかけ、首を傾けた。

「一度狙ったもんは絶対に手に入れる。今まで散々手を打ってきたってのに、幽霊だの何だのに邪魔されて計画が潰れるなんざ笑い話だ。何が何でもやってもらう」

「随分と強気でいらっしゃる。そこで潰れた蛙のような姿になっている人間に、人質としての価値はありませんよ」

——は。

まさか見捨てる気でいるのか。

いや、取引に応じて欲しいと思っているわけではないのだけれど。

「薄情だねえ。なら何をしてもいいってことだな？　可哀想になあ。先生のせいで指がどんどんなくなって……」

「私はあまり他人というものに情を感じないのです。目の前で人が殺されようとさほど気にならない。特にそこでへばりついている人間はガサツで、口うるさくて、年上を全く敬わないくせに、都合の良いときだけ私を頼る。全くひどいものです」

守亜は淡々と口にし、サングラスのブリッジを指で押し上げた。

「けれど生憎、それは私の唯一の弟子なのです。——私は、私のものを他人に傷つけられるのが何よりも腹立たしい」

場の空気が一変した。

まるで異界に呑み込まれたかのようだ。息苦しく、震えるほど寒く、汗が出るほど熱く、喧しいとさえ感じるほど静まりかえっている。

柳下はほとんど本能的にナイフを守亜へと向けた。

「おい、近づくな。動くなッ。これが見えないのか」

柳下はみるみる顔色を悪くし、ナイフを突きつけて威嚇する。

だが守亜は怖じ気づくどころか刃を素手で摑み、自身の喉元へと近づけた。血の雫が守亜の手首を伝い、袖の中へと流れていく。

「殺すのならどうぞご自由に。私はただの死に損ないです」

「何だと。強がるのも大概に——」

「強がりなどではありません。あなたに人の命を背負う覚悟があるのなら、これをこのまま突き立てたらよろしい。ほら、どうしました。このナイフは玩具ですか。——なあ、何とか言えよ」

柳下は完全に言葉を失っていた。ナイフを持つ手は笑ってしまうほど震えている。

「できませんか。まあ、いいでしょう。……ご要望通り形原旅館を視ます。ただ、一つだけ忠告を」

「ちゅう、こく」

「私は霊能力者ではありません。もちろん幽霊退治もしない。つまりあなたを守れないし、守るつもりもない。形原旅館で何が起きようと責任はとれません。構いませんね」

柳下はしばらく荒く呼吸をしていた。

だが突然場の空気に当てられたかのように口の端を吊り上げた。

「何が幽霊だ、何が祟りだ。そんなもの知ったことかよ。あの土地は俺のものだ。誰にも渡さねえ」

「結構。では連れて行って下さい。こんな手では運転できませんし」

守亜はぱっと両手を広げ、ナイフを離す。右手に残った創傷が痛々しい。

一方柳下はナイフについた血をハンカチで拭うと、麻耶の横を大股に通り過ぎ、部屋の扉を蹴りつけた。勢いのまま廊下側の壁に叩き付けられた扉が凄まじい音を立てる。

柳下に呼ばれ、男の一人が守亜を部屋の外へと連れて行った。

「待って、師匠――」

一瞬、守亜が振り向く。

だが何かを言うことはなく、口元に人差し指をあてるとそのまま階段を降りていった。

□

部屋に派手な音が響き渡る。

麻耶は先ほどから扉にタックルをし、脱出を試みている。だが扉はビクともしない。何度突撃しても、蹴りつけても、開く気配はなかった。

せめて両腕が自由であればいいのだが、両の手首は背中側でがっちりと拘束されている。先ほどから何度も引きちぎろうとしたが縄が皮膚を傷つけるばかりで上手くいかない。手がぬるぬるとしているのは血のせいだろう。

どこかで木々の揺れる音がする。

部屋の中には一応窓があるものの、ブルーシートが貼られている上、木板で止められていて外の様子を見ることは叶わない。車の音が全く聞こえないので街中でないことは確かだ。もしかすると山中かもしれない。

部屋の広さは十五畳ほど。窓のブルーシートごしに僅かな光が差し込んでくるが、部屋全体を把握出来る程ではない。部屋の中には積み上げられた段ボールやテーブル、マネキンなどが置いてあり、酷く猥雑としている。

守亜の事務所から車に乗せられ、おおよそ二十分ほどの距離を移動した。仮にここが山中であるのなら手稲山の麓か、銭函の山中あたりが妥当なところだろう。

柳下と守亜はそろそろ定山渓へ連れてこられてから一時間半以上は経過している。

ついている頃だ。

「くそっ……！」

麻耶は目一杯の力を込めて扉にタックルし、その反動でふらふらと後方に蹌踉めいた。何かに足をすくわれ床に尻餅をつく。プラスチック製の物体が床を転がっていく音が聞こえた。

——情けない。

立てた両膝に額を押し付け、唇を強く噛む。

守亜は今頃形原旅館を視ているのだろうか。

考えれば考えるほど胸の奥に搔痒のような苛立ちと自己嫌悪が走る。

もし形原旅館の解体が原因で守亜が彼岸に至ってしまったら。あの目が金色に染まって、自ら命を絶ってしまったら。

「……大丈夫。師匠はまだ死なない」

麻耶は面を上げ、自分にそう言い聞かせた。

とにかくここから出ることを考えなければ。

「ん……？」

ふと、手に何か尖ったものが触れた。

どうやらステンレスキャビネットの一部分が破損し、金属板が捲れているらしい。

——これ、使えるかも。

麻耶は体勢を変えて金属板の出っ張りに手首の縄を突き刺した。何度も繰り返し、結び目に少しずつ穴を空けていく。時間はかかるが、このまま続けていれば縄を解くことが出来るだろう。

土を掘るような音を耳にしながら、麻耶は先ほど柳下が言っていたことについて考えていた。

柳下は浅間を殺していない。それどころか、浅間が失踪した理由についても知らない様子だった。

ふと、定山渓の伝説が脳裏を過ぎる。

定山渓に住む女の河童は、川に引きずり込んだ男との間に子供をもうけて幸せに暮らした。けれどその幸せは永遠に続くものだったのだろうか。

女の河童は夫も子供も失い、今も尚あの淵で男を待ち続けているのでは――。

「……ッ」

扉の向こう側で足音が聞こえた。

――誰か来る。

縄はまだ解けそうにない。少しずつ削れてきてはいるが、引きちぎるにはまだダメージが足りない。

足音はどんどん近づき、扉のすぐ近くで止まった。

解錠の音が響く。

直後、扉が開いた。

「さっきからドンドンうるせえよ。静かにしてくれ」

現れたのは目をギョロリと剝いた坊主の男だ。先ほど事務所に現れた内の一人である。

男は麻耶の目の前にしゃがみ深く溜息をついた。その息は煙草の臭いと腐臭が混じり、強烈に鼻を打った。

「にしても、めちゃくちゃ時間かかってるよな。そう思わない？　もう定山渓ついてるだろ、どう考えても」

「だから何」

「暇だなあって思ってさ」

男は半歩ずつ前に進み、麻耶を覗き込んだ。

「せっかくだし姉ちゃんとちょっと遊ぼうかなって思ったわけよ」

一瞬で全身に鳥肌が立った。

慌てて後退しようとしたが、すぐ後ろにはキャビネットがある。精々顔を背けるくらいしかできない。

麻耶は気付かれないよう慎重に、しかし迅速に縄を解こうとした。引っ張るとブチブチという音がする。あと少しで引きちぎれるはずだ。

「そんなに嫌がるなよ。それにほら、このまま帰しちゃって警察に駆け込まれても困るし。弱みを握っておいた方がいいじゃん」

今目の前にいるのがその警察だ――とは言わなかった。

「一発ヤる頃には柳下さんの用事も済んでるだろうしさ。姉ちゃんも暇でしょ。丁度いいって」

男は麻耶の足首を摑み、無理矢理に足を上げさせた。

すかさず、もう片方の足で男の顔面に蹴りを入れる。コンバットブーツの靴底だ、それなりのダメージになったに違いない。

男は鼻を押さえて潰れた蛙のような声を出した。

「てめっ……！」

刹那、容赦ない平手打ちが麻耶の右頰を襲った。

体が大きくぐらつく。だが縄の結び目がキャビネットの裂け目に刺さっていたため、床に倒れることはなかった。

「大人しくしてろ！」

今度は左頰に平手打ちが見舞われる。

男は興奮と怒気に息を荒くし、麻耶が着ているブラウスの胸元を乱暴に開いた。はじけ飛んだボタンが床を転がっていく。

――あと少しで縄が解ける。あともう少し。

「そうだ、撮影するんだった。スマホ、スマホ」

――よし。

「ほら姉ちゃん、こっち向いて笑って……」

続きは紡がれなかった。

男の顔面に右ストレートが叩き込まれる。小枝の折れるような音が聞こえた。鼻の骨が折れたのだろう。

男はもんどり打って倒れ、鼻を押さえて呻(うめ)いていた。

麻耶は近くにあったマネキンを持ち上げ、思いっきり男の顔面へと叩き付ける。マネキンの頭部が外れ、壁に当たった後どこかへと跳んでいった。

——やりすぎたか。まあギリギリ許容範囲内だ。多分。

麻耶は男の上着を半分ほど脱がし、後ろ手に拘束しようとした。

だが。

「いっ……」

強烈な衝撃が麻耶の側頭部を襲った。

視界が霞(かす)む。心臓の動きに合わせて頭がズキズキと痛む。

男は手に角材を持ち、ゆらりと立ち上がった。

何か武器になりそうなものを探す。だが周囲にははじけ飛んだボタンとゴミがあるばかりだ。角材に対抗できるようなものはない。

そうこうしている内に、麻耶は背中にも重たい一撃を食らった。

呼吸ができない。視界が回る。両手が血でぬめっているせいか、這いつくばって進むこともできない。

「調子に乗るのもいい加減にしろよ、お前」

麻耶は血塗れ(ちまみ)の手で扉を摑んだ。だが外に出ることは叶わない。足を引っ張られずるずると部屋の中に戻されていった。

腹を蹴飛ばされ、仰向け(あおむ)にさせられる。

男は麻耶に馬乗りになると、髪の毛を摑んで何度も床に叩き付けた。

「よくもやってくれたな。大人しくしてりゃあ、楽しませてやったのに」

突然、息が出来なくなった。

首を締められている。息をしようとするたび血の味が口の中に広がった。

——まずい。手に力が入らない。

男の手を爪(つめ)で引っ掻(か)く。だが血で滑ってしまい、手を引き剝がせない。

眼前にある男の顔は完全に正気を失っているようだった。まるで獣だ。怒りに支配され、暴力を敵に与えることしか考えられなくなっている。

ふいに、目縁から涙が落ちた。

目の前がチカチカする。体に力を入れようとするたび頭が酷く痛む。

——死ぬのか。

とんだ笑い話だ。勝手な行動をして、師匠を危険な目に遭わせ、挙げ句に死ぬなんて。

こんな無様な姿、父が見たらなんて言うだろう。

お母さんは――。

「え……？　あがッ」

突然、目の前にあった黒い影が消えた。

足音が聞こえる。二つだ。片方は革靴、もう片方はヒールの音。

誰かいる。見覚えのある顔が目の前にある。

これは誰だろう。

母か。

いや、違う――。

「吉灘、しっかりしなさい。……吉灘！」

麻耶は目の前の人物に対して返答しようとした。

だが口が微（かす）かに動いただけで、そのまま意識は闇（やみ）の中に呑まれた。

□

――またお父さんに怒られたの？　ほらもう、そんなに泣かないで。お父さんになんて言われたの。

――しいたけ残しちゃだめだって。でもまや、しいたけ好きじゃない。

――好き嫌いしちゃだめでしょ。しいたけさんは体にいいんだから。食べないと背が伸びないよ。

――食べたらおえってなっちゃう。お父さん、おえってなっても食べろって言うの。

――ほらおいで、鼻水ちーんして。じゃあしいたけさん食べたらチョコレート一つあげる。お父さんには内緒だよ。

――本当？　チョコレートくれるの？

――ちゃんと食べられたらね。

――分かった。まや、しいたけさん食べる。チョコレートも食べる。

――それじゃあお手々洗おうか。綺麗にしないと風邪を引いちゃうから。

「――やさん。麻耶さん。大丈夫ですか」

目を開けたとき、目の前にいたのは穏やかに笑う母――ではなく。

「すごい椎茸椎茸言ってましたけど、夢でも見てたんですか」

眉尻を下げて苦笑する室戸だった。

部屋の中が明るい。日時が分からない。

壁に掛かった時計は二時を示している。窓の外が明るいので午後二時だろう。

麻耶はゆっくりと身を起こし、周囲を確認した。

ここはどうやら病室のようだ。向かいと隣のベッドはカーテンが閉め切られており、斜め向かいの入院患者は横になってテレビを見ている。

ふと、自身の両手を見た。

手首には包帯が巻いてある。手の甲も生傷だらけだ。右手の中指にいたっては爪が欠けている。

気を失う前に何があったのか少しずつ思い出してきた。

柳下の部下に監禁され、殺されかけた。けれど誰かが助けに来てくれて、そこで意識を手放した。

――そうだ師匠は。

「ちょっとカーテン閉めますね。色々お話することがあるんで」

室戸はカーテンを閉め切り、冷蔵庫の中からカップ入りのカフェオレと缶コーヒーを取り出した。

「はい、どうぞ。麻耶さんの好きなやつ」

手渡されたカフェオレは確かによく飲んでいるものだ。だが別段好きというわけではない。

「ありがとう。……私、どれくらい寝てたの」

「麻耶さんは覚えてないでしょうけど、今朝方一度目を覚ましているんですよ。なので、朝から計算するなら六時間ですね。病院に搬送されてから今までの時間を言っているのでしたら、十五時間弱ってところです」

「じゃあまだ一日は経ってないってことだね」

「そうです」

「ごめん、色々聞く前にちょっとスマホを確認したい。鞄とってくれる？」

「スマホって仕事用ですか？」

「プライベート用」

室戸は慣れた様子でプライベート用のスマホを取り出してくれた。

充電はギリギリ残っている。

メッセージは一通。発信者は――端島守亜。

「麻耶さん、どうしたんですか。怖い顔して」

室戸には返事をせず、メッセージの中身を確認した。

心臓がバクバクと音を鳴らしている。

昨晩形原旅館を視て、完全に彼岸へと至ったなんてことは――。

「ああもう、心配して損した」

麻耶はがっくりと肩を落とした。

画面に表示されていたメッセージはこうだ。

――あなたが今このメッセージを見ているころ、私は鮫の姿をした悪魔が人を襲う映画を見ていることでしょう。

――それはさておき、ガサツで口うるさい弟子にちょっとした情報提供を。

――〝二〇六号室の手前、奥から三枚目の隙間〟。

――意味は自分で考えて下さい。

――あ、生憎私はまだ生きています。残念でしたね。

――それではお仕事頑張って下さい。安月給の公務員さん（笑）。

「ごめん、大丈夫。話を聞かせて」

麻耶はスマホをベッドに放り投げた。

一方室戸は缶コーヒーを開け、ビールを呷るかのように勢いよく飲み干す。

態度こそ普段通りだが、もしかするとかなり不安を感じていたのかもしれない。もし立場が逆だったなら、麻耶は室戸のように冷静ではいられなかっただろう。

「今朝も説明したので、ダイジェストでお送りしますが……」

室戸は缶を潰し、ごみ箱に捨てた。

「昨晩麻耶さんが単独行動をしたことが班長にばれて、大慌てだったわけなんですけども、行方を捜していたら端島センセイから連絡があり、教えてもらった場所に駆けつけたら麻耶さんがピンチで、班長が男に華麗な回し蹴りを食らわせて一発ケーオーし、麻耶さんを病院へ搬送した次第です」

「師匠から連絡が？」

「あ、食いつくのそこですか。俺的には班長の回し蹴りが凄いインパクト大きかったんですが……。ええ、そうです。センセイから班長宛てに。『あなたのところの部下が大分勝手な行動をしてますけど、どうにかした方がいいんじゃないですか』と」

相変わらず嫌味っぽい。

だが、守亜がわざわざ白石に連絡したというのはかなり例外的な行動だろう。警察官を助けるために警察へ連絡するなど本来ならば絶対にしない行為だ。

ただ一つだけ疑問が残る。

守亜はなぜ、居場所を知っていたのか。

「ちなみに麻耶さん、脳震盪（のうしんとう）だそうです。明日にも退院できますが、絶対安静。班長にしこたま怒られるのは職場復帰してからということになりそうですね。俺はコーヒーでも飲みながら高みの見物と洒落込みます」

「室戸」

「はい」

「怒ってる？」

「めちゃくちゃ怒ってます」

——それもそうか。

「冗談抜きで怒ってますよ。全然連絡つかなくて、いざ見つけ出したら意識がなくて。……本当、俺、昨日どうしたら良いか分かりませんでした。心臓が壊れるかと思った。もう二度としないでください」

室戸は途端に眉尻を下げ、不安げな表情を見せた。飼い主に置いて行かれた犬のような表情だ。その顔を見ると、否応(いやおう)なしに罪悪感を抱いてしまう。

「ごめん。もうしないから」

「絶対ですからね」

「そういえば、形原旅館って今どうなってるの？　まだある？」

「あります」

つまり、守亜は廃墟を解体しなかったということだ。ムスビの正体だけ視て解決はしなかったとも考えられるが、どちらにせよ柳下の思惑通りにはならなかったのだろう。

「形原旅館の件なんですが……昨晩、定山渓温泉で男が二人保護されました。一人は柳下清一(せいいち)。心神喪失状態で、温泉街のホテルに駆け込んでスタッフに助けを求めたそうです」

——ん？

「心神喪失状態？」

「俺も話を聞いただけなので何とも言えませんが、奥田達と様子が似ているそうです」

彼岸に触れたということか。

鶴美を自殺に追いやった間接的な原因であるのなら守亜が言っていた通り〝あちら側〟に引き込まれやすいはずだ。柳下は自分のした事のツケを払わされたというわけである。

「柳下は今どうしてるの」

「南区の病院に入院しています。様子を見て二課が事情聴取を行うとのことです。何でも、有名な地面師だそうで。二課にしてみれば棚ぼたですね」

「保護されたもう一人は？」

「黒瀬(くろせ)孝志(たかし)という男で、調べたところケチなチンピラって感じですね。形原旅館へ向かう途中の道で蹲(うずくま)っているのを発見されました」

「黒瀬も、柳下と同じ状態？」

「いえ、奥田達みたいに幽霊に対して怯(おび)えてるわけではなく、何か特定のものについて怯えている様子だそうです。でも何があったのかは頑(かたく)なに言わないらしくて。……ああ、そうそう。右手の爪が三枚捲れていたとのことでした」

黒瀬とは恐らく守亜を連れていった男のことだろう。

爪が捲れていた。――いや、考えるのはやめよう。知らぬが仏だ。

「他に何かあった？」

「昨晩、西区で東山が逮捕されました。警察を見て逃げ出したそうで、緊急逮捕(キンタイ)です」

「供述は？」

「取り調べに協力的ではないようですが、米里での殺しの件は概ね容疑を認めてるとのことです。ただ定山渓で発見された遺体に関しては知らない、と」

やはりそうか。

地面師連中は浅間の死に一切関与していない。むしろ浅間の死は連中にとって衝撃だったに違いない。

柳下達は不動産取得のために浅間を利用した。だが、ようやく不動産が手に入ったというところで浅間は不動産を所持したまま失踪してしまった。だから連中は今回成りすましを用意し、不動産を売却しようとしたのだ。

では一体誰が浅間を殺したのか。

麻耶の中で答えはもう出ている。

もしかすると形原旅館を視たあの時、既に気付いていたのかもしれない。けれど麻耶は目を背け続けた。形原旅館に住む河童の正体を直視しようとしなかった。

もう、潮時だ。

頭の中に住む〝何者か〟と、あるいは定山渓の河童と、向き合う時が来た。

「あと、これは出来れば言いたくないんですが」

室戸は軽く溜息をつき、肩を落とした。

「なに。教えて」

「……美園さんが昨晩から行方不明です」

麻耶は思わずカフェオレのプラスチックカップを強く握った。

「行方不明って」

「豊清会病院が電話をかけたのですが、繋がらなかったそうです。職場からの電話もだめ。警察からの電話にも出ません。南署の方が家まで見に行ったけれど、留守にしていたと」

「出かけているだけじゃなくて？」

「その可能性もあるでしょうけど、職場にも連絡せずいなくなるというのは不自然では。……それにほら、昨日はニュースが」

「ニュースって何の」

「定山渓で見つかった死体が浅間さんのものだったってニュースですよ。昨日の夕方一斉に報道されました」

麻耶は短く息を吸った。

背中に冷たいものが流れる。

なぜだかもの凄く嫌な予感がする。

「室戸」

麻耶は手にしていたカフェオレをサイドテーブルに置いた。

「お願いがあるんだけど」

「だめですよ」

室戸の声はいつにも増して低い。

「さっき言ったでしょう、絶対安静だって。麻耶さんは今脳にダメージを受けているんです。一週間後に後遺症が出るかもしれない。それに、今勝手なことをしたら怒られるどころじゃ済みませんよ」

「それでも構わない」

麻耶は腕に刺さっていた点滴の針を引き抜いた。血の玉が膨らむ麻耶の腕を、室戸がもの言いたげな顔で見ている。

「今行かないと後悔する。多分この先、死ぬまでずっと」

「そもそもどこに行くつもりなんですか。誰も美園さんの居場所なんて知らないのに」

「あてならある」

「あてって……つまり勘ってことじゃないですか」

「勘だけど、確信がある。美園さんは絶対いる」

「言っても聞かないんだもんなあ。その頑固さ、結構班長に似てますよね。お二人って割と似たもの同士だと思いますよ、俺」

室戸は大きく溜息をつき、がっくりと項垂れた。

「どうしても行くんですか」

「行く」

「俺が今ここで地べたに這いつくばって泣きわめいても？」

「うん」

「正直、そう言うだろうなとは思ってましたよ。……だから、はい。これ」

室戸は麻耶のバッグをサイドテーブルの上に置いた。

中には服が詰め込まれている。昨晩着ていたスーツではなく、家に置いてある私服だ。

「これ、どうしたの」

「妹さんが持って来てくれました」

「そうじゃなくて。何でバッグの中に入ってるの？」

「だって行くんでしょう？」

室戸はすっと立ち上がり、目一杯に息を吸い込む。——と思った矢先、廊下にまで響くほどの大声を出した。

「ええ、麻耶さん売店に行きたいんですか！　売店に行くのにこんな大きな鞄が必要なんですか。しかも寒いから上着まで着たいって？　靴も履くんですか。こんなごついブーツ履いてどうするんですか。あっ、痛い。叩かないで。分かりましたよ、言うとおりにします」

とんでもない猿芝居だ。周囲を騙すどころか、逆に注目を集めているような気がしてならない。

「麻耶さんが叱られているところ、ニヤニヤしながら眺めようと思ってたんですけどね。予定が狂ったなあ。……ほら、行きますよ。運転は俺がします」

室戸はロッカーからコンバットブーツを取り出してベッドの横に並べた。昨晩履いていていたものであるため、少し血が付いている。

「どうして」

「俺はハイソウの刑事で、麻耶さんの部下で、麻耶さんの腰巾着(こしぎんちゃく)なので、麻耶さんが行くというのならどこにだって行きます」

室戸は真っ直ぐ麻耶を見た。その顔は、誇り高い忠犬を思わせた。

「……ありがとう」

麻耶はスリッパを隅に寄せ、長年愛用しているコンバットブーツに足を入れた。

□

形原旅館全体が風に揺られ、軋んでいる。今まで足を踏み入れたときよりもはるかに空気が重い。

バルコニーの先に人が立っている光景は、否応なしにあの時視たものを想起させた。

男が立っていた。〝誰か〟を待っていた。〝誰か〟は憎悪に駆られて男の頭に鈍器を振り下ろし、川へと落下させた。男の手からは微かに光る金属がこぼれ落ち、男は川底に消えた。〝誰か〟は、その場から逃げ去っていった。

今のこの状況は、まるであの時を再現しているかのようだ。

けれど今回は立場が入れ替わっている。

麻耶の手には、あの日浅間が持っていたものがある。

そして、バルコニーの先に立っているのは——。

「ここは立ち入り禁止ですよ。——美園さん」

長い髪が風に揺れている。

形原美園は僅かに身を捻り、麻耶を振り返った。

「……どうして、ここにいると分かったんですか」

今にも溶けてしまいそうな声だ。風の音が美園の声を消し去っていく。

「私は少し特殊なんです。あなたの考えていることが何となく分かる。……なんて言ったら、笑いますか」

「じゃあ、私が今何を考えているかも分かるんですか」

「だからここに来たんです」

返答はない。代わりに冷え切った一瞥が向けられるばかりだ。

あの目を何度か見たことがある。

父の死後、母が居間でぼんやりしていたとき。守亜が悔退師の宿命について話すとき。

父を殺した犯人がパトカーに乗せられていたとき。——皆、同じ目をしていた。

〝死〟を見つめているときの、空っぽな目だ。

「あなたはまだ、浅間さんが河童に連れ去られたと考えているんですか」

美園はようやく麻耶に向き直った。だが視線を合わせることはなかった。

「米里で見つかった死体は、浅間さんのものではなかったとニュースで報道されていました。つまり、私がお会いした方はやはり別人だったのでしょう」

「その通りです。けれど定山渓……今美園さんが立っている場所のすぐ真下で見つかった遺体は、浅間さんのものであることが明らかになりました。これも報道されているはずです」

「浅間さんではありません。きっと、誰か別の人です」

「いいえ。ＤＮＡ鑑定で浅間玲二さんの実母、浅間美代子さんと親子関係があることが証明されています。かっぱ淵で見つかった遺体こそが浅間玲二さんです」

「そんなはずありません。だってあの人はまだ帰ってきていない。川の底に沈んだまま上がってこない。いつか戻ってくるはずなんです。一年経ったら、戻って……」

「――河童はいません」

美園は口を半開きにしたまま、石にでもなったかのように動きを止めた。

「定山渓には男を攫う河童なんていないんです。攫われた男性が一年後に戻ってくるようなこともない。そもそも、伝説の中でも男性は戻ってきてなどいません」

「それは違います。男性はきちんと戻ってきて、幸せに暮らしていると……」

「ええ、幸せに暮らしているんです。河童の妻子と一緒に、川の底で。それは要するに、もう人間の世界に戻ってはこないということではありませんか？」

美園は返答しなかった。

ゆるゆると頭を振り、現実から目を背けようとしている。

「美園さん。川で溺(おぼ)れれば人は死ぬんです。ただそれだけのこと。河童と一緒に暮らしているなんてことはあり得ない。一年後に戻ってくることもありません」

思えば奇妙な符合だった。

行方不明になったはずの男が一年後に現れる——それは美園にとって正しく伝説の再現だったのだろう。

けれど戻ってきた男は再びいなくなった。

定山渓に住む女の河童は、伝説とは違って夫子供と幸せに暮らすことができなかった。

たった一人取り残されて、今も男の帰りを待っている。

自分こそが河童であることに気付かないまま。

「はっきりと言いましょう」

天井が一際大きな音を立てて軋んだ。「そっとしておいてくれ」と語りかけてきているかのようだ。

けれど、このままにはしておけない。

形原旅館に住む河童を退治しなければ。

「一年前、浅間玲二さんを川に落としたのはあなたですね。形原美園さん」

長い髪が風に煽(あお)られて美園の顔を覆う。

隙間から見える目は一切の感情を宿さず、ここではないどこか遠くを見つめていた。

「ずっと疑問だったんです。あなたにとって浅間さんは不動産の買主でしかないはず。けれどあなたは浅間さんのことをとても心配している様子だった。私は、その態度が少し不自然に感じられてなりませんでした。それこそ……恋人の身を案じているかのような雰囲気に思えた」

返事はない。聞こえるのは強い風の音だけだ。

「哲夫さんが浅間さんに不動産を譲ったことも疑問でした。哲夫さんは絶対に不動産を売却しないと宣言していたそうですね。相続以外は認めないと。これは恐らく悪質な嫌がらせを受け、鶴美さんが亡くなったからなのでしょう」

「母は病死です。嫌がらせのせいで死んだわけでは……」

「本当に？」

先日、形原旅館で視た記憶が脳裏を過ぎる。

建物の上を見上げていた一つの人影。屋根から落下していった女性の人影。

あれは恐らく。

「あなたは目撃したのではありませんか。……鶴美さんが、屋根から身を投げるところを」

美園はゆっくりと目を見開いた。

何かが内側で肥大しているかのような、ぞっとする表情だった。

「鶴美さんは度重なる嫌がらせに疲弊し、自ら命を絶った。けれどあなた方は自殺ではなく心神喪失状態による転落事故だと思うことにした。世間体を考えてのことか、鶴美さんの名誉のためか、それは分かりませんが」

ふと以前美園が口にした「お母様は救われたと思いますか」という問いが脳裏を過ぎる。美園は自分の母親の死をどう捉えていたのだろう。目の前で死んだ母を見て、この四年間、一体何を。

「……祖父は情けない娘だと言って怒っていました」

突然、美園は自嘲的に笑った。

「けれど、きっと祖父も苦しかったのだと思います。すぐに旅館を閉めて、その後はどんどん意固地になっていきました」

「土地の件ですね」

「はい」

「哲夫さんは絶対に不動産を売却しないと宣言した。……なのにあっさり浅間さんに不動産を譲った」

やはり返答はない。美園の目はどこでもない場所を見ている。

「浅間さんに相続権はない。けれど相続権を得る方法はある。……それは、あなたの夫になることです」

麻耶は無意識のうちに、右手にあるものを握りしめた。

「あなたと浅間さんは結婚の約束をしていた。哲夫さんは旅館再生の話に惚れ込んで不動産を譲ったのではなく、将来孫の夫になる人物だからこそ浅間さんに不動産を譲ったんです。そしてあなたは……」

言葉が喉につっかえて出てこない。

心の中に刺さっている美園の感情がじくじくと痛んでいる。

けれど言わなければならない。目を背けてはいけないことだ。

「妊娠、していたのではありませんか」

美園はようやく、麻耶に視線を向けた。

「なぜそう思うんですか。祖父が子供の話をしていたから？」

「それもあります。もう一つ……いえ、勘です。勘ということにしておいてください」

あなたの感情の欠片が私の中に残っている——そう言っても理解されないだろう。

「浅間さんに不動産を譲り、あなたも子供を授かり、あとは籍を入れるだけといった状態だった。けれど浅間さんは突然姿を消してしまった。あなたはそのショックで」

「吉灘さん」

「お腹にいた子を」

「やめてください」

「……流産したのではありませんか」

ごう、と強い風が吹く。

美園は——笑った。

数歩後退し、髪を風になびかせながら、今にも壊れそうな笑みを浮かべていた。その目からは涙が零れている。あの日、麻耶が消えた赤ん坊を視て涙を流したのと同じように。

――苦しい。

麻耶の中にある〝美園〟が痛みを発して、助けて欲しいと叫んでいる。

憎悪と怒り、そして自己否定が混ざり合った猛毒が頭の中に広がっていく。

胸に開いた大孔（おおあな）から、どろどろと心が溶け落ちていくような気さえする。

「流産したのは、玲二くんがいなくなったからじゃありません」

美園はもう一歩後退し、自身の腹部に手を置いた。

「ある男の人が玲二くんの行方を訊（き）きに来たんです。その時に知りました。私は騙されていたんだって。……玲二くんは、母を殺した連中の仲間だったんだって」

「美園さん、戻って下さい。それ以上後ろに下がらないで」

「その後、話があると言われて玲二くんに呼び出されました。ちょうど一年前です。私は二階に上がってバルコニーにいる玲二くんの後ろ姿を見た。その時、何かが私の頭の中を支配したんです」

「美園さん」

「頭の中が真っ白でした。気付いたら、私は玲二くんを殴りつけて川に落としていた。でも玲二くんは浮かんでこなかったんです。何度も川へ足を運んだけれど玲二くんはいなかった。死体が見つかったというニュースもなかった。……玲二くんは、消えてしまった」

だから、河童に攫われたと思い込むようになったのか。

死体が見つからないという事実は日に日に美園を追い詰めたのだろう。生きているかもしれないという期待と、いつか見つかるだろうという不安は、ゆっくりと美園を蝕んでいったに違いない。伝説に縋り付かなければ心を保てないほどに。

「けれど、もう終わりです。玲二くんは戻ってきた。吉灘さんの言うとおり河童と暮らしてなんかいなかった。私にはもう何もない。何一つ残されていない。何もかも失った馬鹿な女です」

美園は右脚をゆっくりと後ろに引いた。床板から足の半分が飛び出している。ほんの少しでもバランスを崩せば真っ逆さまに落ちていくだろう。

「何一つ、というわけではなさそうですよ」

麻耶は右手に握っていたものを美園に見せた。

二〇六号室の手前、奥から三枚目の隙間。守亜のメッセージは、浅間が遺したものの在処を示していたのだ。

形原旅館客室棟の二階、二〇六号室。扉から数えて三枚目の床板は隙間が出来ており、そこに〝これ〟が挟まっていた。

黒く煤けた、直径二センチほどの輪。指で擦ると金属の輝きが露わになる。指輪の内側に刻印されているのは「R&M　2018.11.20」という文字だ。

「何ですか、それは」

「指輪です。……バルコニーから落下する直前、浅間さんの手からこれが飛んでいった」

美園は口を開いたまま、麻耶の手にある指輪へと視線を落とした。

「内側に文字が刻まれています。アールとエム……日付は二〇一八年十一月二十日」

「なんで、そんなものが」

「分かりません。浅間さんが何を思ってバルコニーに立っていたのか、私には知る由もない。……ただ、あくまで推測ですが」

麻耶は一度指輪──内側へ刻まれた「R&M」の文字に視線を置き、ゆっくりと美園を見据えた。

「これは、あなたへの真実の想い(おも)なのではないでしょうか」

返答はない。

その代わり、風の音に混じって息を吸う音が聞こえた。

「何を言っているんですか。そんなわけない。だってあの人は、私を騙して、捨てて、それで」

「確かに浅間さんは一度あなたの前から姿を消した。けれど戻ってきた。あなたを騙すつもりだったなら、わざわざ戻ってなどきません。そのまま姿を消してしまえばいい」

ふと、脳裏に柳下の言葉が思い浮かぶ。

──いきなり降りるだの何だの言い出してよ。それっきり音沙汰なしだ。

──ガキが出来たから何だって言うんだ。

恐らく、浅間は美園との間に出来た子供のことを真剣に考えていたのだろう。だから地面師連中と手を切った。子供のため、そして将来の家族のため、真っ当な人生を送るために。

「浅間さんは本気であなたと一緒になるつもりだった。あなたと人生を共に歩もうと決めて、一年前この場所であなたを待っていたんです」

どこかでパキンと何かの割れるような音がした。

風が強い。建物全体が大きく揺れている。

浅間が果たして本当に結婚を望んでいたのかどうか——その真偽は永遠に不明のままだ。〝結婚を望んでいた〟と考えること自体、河童の伝説と同様、現実から目を背けるための妄想に過ぎないのかもしれない。

けれど、それでいい。妄想でも構わない。

真実が明らかにならなければ、妄想が否定されることもないのだから。

「そんなのあり得ません。だってあの人は、この旅館が欲しかったから私に近づいたんです。結婚の話だって全部」

「本当に不動産を掠め取るのが目的なら、さっさと転売するなり、バックにいる連中に譲渡するなり、いくらでもやりようがあったはずです。現に浅間さんのバックにいた連中は、浅間さんと連絡がとれなくなったからこそあなたに行方を訊いた」

「玲二くんは私を騙していたんです。母を殺した連中とグルになって、私を……」

「それも含めて彼は贖罪がしたかった。だから、ここであなたと待ち合わせたのでしょう」

強い風が美園の髪を、涙を、流していく。

その後ろに見える空は夕陽と雲が混じって紫色に染まっていた。

「じゃあ、私は、勘違いで玲二くんを殺してしまったんですか」

「浅間さんがあなたを騙そうとしていたのは事実です。嫌がらせをしていた連中とグルだったのも間違いない。あなたが連中の被害者だということも変わりがありません。……そして、あなたが浅間玲二を川に落としたという事実も変わらない」

どこかで木屑の落ちていく音も聞こえる。

「あなたは罪を償う義務がある。それが浅間さんの思いに応える唯一の方法なんです。だから、こっちに戻ってきてください。あなたがここで死んでしまったら浅間さんも鶴美さんも浮かばれない」

麻耶は指輪を持った手を美園に差し出した。

美園は恐る恐る右腕を伸ばし、指輪を受け取ろうとする。躊躇いがちな一歩は、後ろではなく前へと動いた。

その刹那――。

「ッ……！」

突然床が傾いた。

いや違う、建物全体が傾いている。

美園はバランスを崩し、後ろに倒れていく。

「美園さん！」

麻耶は地面を蹴って美園の腕を摑んだ。

胸から地面に衝突したため一瞬呼吸が止まる。だが決して美園の腕を放しはしなかった。

美園は麻耶に支えられた状態でバルコニーからぶら下がっている。

風が強いせいで美園の体が大きく揺れる。建物自体もグラグラと揺れ、少しでも油断したら一緒に落ちていってしまいそうだ。

――ムスビが消失したのか。

形原旅館は本来とっくに崩壊しているはずだったのだろう。けれどムスビが建物を無理矢理留（とど）め、元の形を保たせていた。

ムスビが解けた今、建物は急速に〝在るべき姿〟へと向かっている。

「美園さん、絶対に手を離さないでください！」

麻耶は渾身の力を込めて美園を引き上げた。だが建物が揺れるせいで上手くいかない。

その上、昨晩受けたダメージのせいか腕に力が入りづらい。

背後では瓦礫（がれき）の崩れる音が聞こえている。

――急がないと。このままでは崩落に巻き込まれる。

「離して下さい。私のことはいいんです」

ふと、美園と目が合った。

美園は顔を目一杯に歪め、それでも何とか笑顔を作ろうとして、泣いていた。

「もともと死ぬつもりだったんです。生きてる意味なんてもうない。私はこの先もずっと独りです。だから、手を離して。このままだとあなたまで死んでしまう」

美園は麻耶の手を振りほどこうとする。

だが、麻耶は更に強い力で美園の腕を掴んだ。

「吉灘さん、お願いです。離して——」

「うるさい！」

一喝が紫色の空に響き渡る。

その声は美園を絶句させるのに十分過ぎる力を持っていた。

「生きてる意味がない？ ふざけないで。あなたはこの先ずっと浅間さんの命を背負って生きていかなきゃならない。死を選ぶ権利なんてない。死ぬことは許さない。罪を償って、浅間さんの記憶を抱えたまま、ずっとずっと生きていくの！」

瓦礫が川へと落下し、水しぶきを上げている。

「ダメです、私のことなんていいから、吉灘さんだけでも……！」

「私は誰も死なせない。もう二度と自殺なんてさせない。絶対に連れて帰る。……殺してでも連れて帰る！」

美園は短く息を吸い、目を見開いた。

バルコニーの壁が少しずつ崩れ、川へと落ちていく。建物全体がミシミシと嫌な音を立てている。

美園は意を決したように唇を噛み、空いた手で床の縁に手をかけた。そのまま麻耶に引っ張られる形で何とか這い上がる。二人が場から離れた直後、バルコニーは派手な音を立てて川へと崩れ落ちていった。

美園の腕を引っ張り廊下を駆け抜けていく。後方からは瓦礫の落ちる音が聞こえる。

崩れかけた階段を下り、浴場棟へ。そのまま食堂棟を目指して駆け抜ける。一階に降りてしまえばあとは廊下を突き進むだけだ。

天井がぞっとするほど弛（たゆ）んでいる。いつ崩落してもおかしくない。

麻耶と美園は必死に走った。

出口は見えている。

あと少し。ほんの少しで――。

「……っ！」

天井から化け物の鳴き声じみた音が聞こえた。直後、前方に絶望的な量の瓦礫が降り注いだ。

後ろもだめだ、後戻りできない。階段はもう瓦礫に潰された。

天井はいまにもはち切れんばかりに膨らんでいる。崩れてきたら助からないだろう。

どうする。

どこかに逃げ道は――。

「麻耶さん、こっちです！」

派手な音と共に廊下へ光が差し込んできた。窓を塞（ふさ）いでいた木板が外側から破壊されたのだ。

麻耶はほとんど美園を抱えるようにして走り、窓の外へと押し出した。続いて麻耶自身も窓から外へと出る。

一拍を置いて、廊下は大量の瓦礫に押しつぶされた。

「あ、危なかった……。無事ですか、二人とも」

白い板を持った室戸がその場に崩れる。よく見ると、持っているのは立ち入り禁止を警告する立て看板だ。窓を破壊するのに使ったのだろう。

「ありがとう、助かった。室戸がいなかったら死んでたかも」

「全くですよ。感謝してくださいよね。ああもうほら、もうちょっと離れて。危ないですから」

室戸に引っ張られ、麻耶と美園は建物から離れた。

形原旅館が崩れている。

バルコニーが川へと落ちていく。客室棟が潰れていく。入口が拉(ひしゃ)げていく。——抱え続けていた記憶と共に、彼岸(あちら側)へと消えていく。

ふと、美園に視線をやった。

美園は地面にへたり込み、顔をぐしゃぐしゃにして泣いていた。

「お母さん、玲二くん、私……私はっ……」

麻耶は美園を強く抱きしめ、目を瞑(つぶ)る。

ずっと頭の隅に刺さっていた美園の心が、涙に溶けてようやくなくなった気がした。

□

十二月六日。午後十二時半。

麻耶は茶封筒と某大型雑貨店の黄色い袋を抱え、ハイソウ部屋へと侵入した。

中には誰もいない。白石と室戸は東署で事件の後始末を手伝っているし、大宮は恐らくランチだ。鍵(かぎ)くらいかければいいのにと思ったが、鍵がかかっていなかったからこそこうして侵入することが叶っている。大宮のずぼらさに感謝しなければならない。

麻耶は自分のデスクに座り、茶封筒と袋を机上に置いた。

袋に入っているのはＡ４サイズの額縁だ。額縁といってもプラスチック製のシンプルなものである。

茶封筒の中に入っているのは——。

「あー、侵入者がいる。いけないんだ」

麻耶は笑ってしまうほど肩を撥(は)ね上げた。

いつの間にか部屋の中にいたのは大宮だ。片手にマグカップを持ち、もう片方の手に袋入りのパンを二つぶら下げている。麻耶を見てニヤニヤと笑む様はまるで悪魔か何かのようだ。

「……ミヤさん、いたんですか」

大宮は気の抜ける笑みを浮かべ、パンの袋をぶら下げた手でピースをしてみせた。

「お菓子とかいれてるラックがぐちゃぐちゃになってたから整理してたの。そうしたら君が入ってきたから、そのまま机の陰にしゃがんで様子を見てたってわけ」

「何でそんなこと」

「脅かそうと思って。実際大成功。吉灘君ったらひょあって変な声出して跳ね上がるんだもん。もうおっかしいの」

肩を震わせて笑う大宮が腹立たしい。

だが、ある意味不幸中の幸いだったかもしれない。もし部屋にいたのが大宮ではなく白石だったら目も当てられなかった。

というのも、麻耶は今謹慎処分中なのだ。

「ミヤさん。……コーヒーとか、いります？」

大宮は麻耶の向かい——自分のデスクに座り、パンの袋を開けた。

「コーヒーなら今飲んでるよ」

「じゃあチョコレートとか」

「そうだなあ……確か今どこかのコンビニでゴデバ？　とコラボしたスイーツが出てるはずなんだけど、ちょっと気になるなあ。あれを食べたら、謹慎中の人がここにいることもすっかり忘れちゃうかもなあ」

「あとで買ってきます」

「ううん、人の弱みを握るっていうのは良いものだねえ」

——刑事の発言としてそれはどうなのか。

麻耶は深く溜息をつき、茶封筒から中身を取り出した。

入っているのは形原旅館の写真だ。先ほど鑑識課の相武に頼んで一枚譲ってもらった。

形原旅館が崩落してから三日しか経っていないというのに、随分と昔のことのように感じる。

建物は完全に崩壊し、見る影もなくなった。今日の午後に解体業者が後始末をするのだそうだ。全ての瓦礫が撤去され、綺麗な更地になることだろう。

美園は現在傷害致死の容疑で取り調べを受けている。浅間殺しの証拠は美園の証言以外になく、物的証拠に乏しいため、起訴まで持って行くのに難儀しているのだそうだ。美園自身は罪を認めており、取り調べにも協力的だという。

東山と古津は行川殺しについて容疑を認め、現在は余罪の追及がなされている。

一方柳下は未だに容態が芳しくなく、取り調べはかなり難航しているらしい。近々ハイソウに取り調べ協力の依頼が来るかもしれない。

柳下は形原旅館で何を視たのだろう。自分自身の弱みか、それとも形原鶴美の〝霊〟か。どちらにせよ自業自得だ。散々弄んだ形原旅館にしばらくの間苦しめられるのがいい。

実際の形原旅館はもう存在しない。

定山渓の河童はいなくなり、川に落ちた若者は恋人の幸せを願ってこの世から消えた。

だからこのハイソウが関わるべき話は、ここで終いだ。

「それ、廃墟の写真？」

ふと、大宮が身を乗り出して麻耶のデスクを覗き込んだ。興味半分、怪訝半分といった表情だ。口の端に惣菜パンのソースがついているが、黙っておいた。

確かに麻耶の行動はなかなか理解されづらいだろう。普通の人間は廃墟の写真を額縁に入れたりはしない。

「それどうするの。飾るの？」

「ええ、目立たないところに」

「廃墟写真がインテリアなんて中々ナウいね」

「ナウいって言葉がもうナウくないですけどね」

麻耶は額縁に収めた写真をじっと見つめた。

〝形原旅館〟と書かれたボロボロの看板。

真っ黒な森の中に佇む三棟の建物。

割れた窓。崩れた入口。

崩落したバルコニー。

その全てが今はもうこの世に存在しない。きちんと滅びの道を辿り、彼岸へと至った。

形原旅館という存在はゆるやかに人の記憶から消えていくことだろう。

なぜ守亜が書斎に廃墟の写真を飾っているのか——その理由が今なら分かる気がする。

「とりあえず、一件目ってところですかね」

大宮はパンを貪りながら「そうだねえ」と返答した。麻耶が言ったことの意味はまるで理解していないに違いない。適当に返事をしている。

自分の力で〝解体〟した最初の廃墟。まさに記念すべき一歩だ。悔退師としての一歩なのか。刑事としての一歩なのか。あるいは彼岸への一歩なのか。それは分からないけれど。

麻耶は写真をキャビネットの上に置いた。

一瞬バルコニーの部分に誰か立っているような気がした。だが瞬きをした瞬間、その人影は消え去っていた。

本書はハルキ文庫の書き下ろし作品です。

EYES(アイズ) 廃物件捜査班(はいぶっけんそうさはん)

著者 柿本(かきもと)みづほ

2020年7月18日第一刷発行

発行者 角川春樹

発行所 株式会社角川春樹事務所
〒102-0074 東京都千代田区九段南2-1-30 イタリア文化会館

電話 03(3263)5247(編集)
03(3263)5881(営業)

印刷・製本 中央精版印刷株式会社

フォーマット・デザイン 芦澤泰偉
表紙イラストレーション 門坂 流



ISBN978-4-7584-4348-7 C0193 ©2020 Kakimoto Mizuho Printed in Japan
http://www.kadokawaharuki.co.jp/[営業]
fanmail@kadokawaharuki.co.jp[編集] ご意見・ご感想をお寄せください。

# 小説賞受賞作

映画『レオン』と
『ブレードランナー』への
オマージュを込めた、
近未来の札幌を舞台に描く、
希望と再生の物語。

異能力を持つ元警察官の桐也は、2年前に姉が精神を病んでいく姿に耐えられず、自らの手で姉を撃ったトラウマに囚われていた。そんな自己嫌悪と孤独に苛まれる日常の中で、無垢なある少女に出会う。この日から、桐也は、生きるための小さな光を見つけていく。

## 選考委員が温かく応援！

「人間としての愛を描き切る姿勢があった。生きる悲しみが漂い、小説の純粋性を保たせている。」

北方謙三氏

「札幌という限定空間で、非現実的な物語を成立させることに成功している。」

今野敏氏

「この作品を受賞作として推したい。」

角川春樹